コンビニ強盗から助けた
地味店員が、
同じクラスのうぶで可愛い
ギャルだった
2
No one cared about me, but she has.
I met her at a convenience store,
then she makes my every day more fun.

「オレは星宮に会いたい。そして……一緒に生きたい」
黒《くろ》峰《みね》リク
高校二年生。諸事情で人生に絶望していたが、彩奈との同棲期間を経て、少し前向きに。幼馴染みだった陽乃に片想いしていた時期もあったが、今は彩奈ひと筋。
「アタシ、リクに協力する。協力者になるよ」
カナ
彩奈の親友。高校二年生。見た目はコワそうだが、中身はうぶで優しくて友達思い。彩奈とリクの事情を聞き、二人の仲を取り持つと決めたが……。

「最近、時間があれば黒峰くんのことばかり考えてる」
星《ほし》宮《みや》彩《あや》奈《な》
高校二年生。コンビニでバイト中に強盗に遭い、偶然通りかかった同級生の黒峰リクに救われる。リクに負けずに不運な体質で、放っておけないキャラ。
「大丈夫だよ、リクちゃん。私がいるからね」
春《はる》風《かぜ》陽《はる》乃《の》
高校二年生。不運なリクを常に見守り、支えてきた幼馴染。彼への気持ちに気が付き、想いを告白をするが……。リクにとっては今でも家族のように大切な存在。

「水着……、どう、かなぁ？」

「ぶっちゃけ他人がどう見てこようと
アタシ自身には関係ないし」

「黒峰くんのことが好き……。
何かが起きて、
手遅れになる前に……
伝えたかったの」

CONTENTS

コンビニ強盗から助けた地味店員が、同じクラスのうぶで可愛いギャルだった2

あボーン

ファンタジア文庫

3207

口絵・本文イラスト　なかむら

プロローグ

私には生きている価値がない。
黒峰《くろみね》くんの家族を殺し、自分のお母さんとお父さんを苦しめ、死に追い込んだ。
私は被害者ではない。加害者だ。

罪悪感で胸が締め付けられなかった日はない。
息をする度に喉が詰まる。
何度でも『事故の瞬間』と『てるてる坊主《ぼうず》みたいになった両親』を思い出す。
何度でも、何度でも……。
生きているだけで辛《つら》い。

ふと思い出すのは黒峰くんのこと。
コンビニ強盗から助けてもらった、あの日から始まったキラキラとした輝かしい日常。
ほんのわずかな日々だったけれど、黒峰くんとの生活は人生における満足感というもの

4

を得られた。

辛い気持ちになったとき、防衛本能のように黒峰くんを思い出してしまう。

初恋。

溶けそうになるくらい胸が熱くなる。

そして、この想《おも》いに比例して――自分に殺意が湧く。

繰り返し思う。私は生きている価値がない。

事実として強く理解しているから、生きているだけで苦しい。

自分が憎くもある。

殺してやりたい。

私にとって、死こそが解放――。

今の苦しみから逃れる唯一の手段。

だからこそ、死んではいけない。

苦しみから逃れてはいけない。

黒峰くんに謝っても謝り足りない。
全ては私のせい。
辛いなんて思っちゃいけない。
全ては私が悪いのだから。
黒峰くんに対する申し訳なさ、罪悪感――。

私は私を責め続ける。
この体が朽ちるまで……。
心が粉々に砕け散るまで――。

一章　再会

電車に乗っているオレは、走行音を耳にしながら窓から移り変わる景色を目にする。

数時間前まではビルや住宅街が全てだったが、今は昼の陽光に照らされる緑豊かな田んぼや畑がどこまでも広がっていた。田園地帯だ。遠くには山が重なって見える。

タイムスリップしたのかと錯覚するほど、窓からの景色が激変していた。

「…………」

椅子を通じて電車の振動を感じ取る。不思議な気分だ。今、自分がここにいる実感を得ている。明確に世界を感じていると言えばいいのだろうか。

今まで電車の揺れや流れる景色を意識したことがなかった。漠然と日々を過ごし、陽乃《はるの》だけを見ていた。しかし今は確かな充足感に満ちている。

……ただ、目の前の存在に対しては鈍感になりたかった。

「はぁ……どこかの誰かさんが電車を間違えなければ、今頃着いてたのにねー」

「許せないな。そのどこかの誰かさんは反省するべきだと思う」

「アンタのことでしょうがッ！　このバカリク！」

「………ごめんなさい」

怒鳴られたので深々と頭を下げる。本気で反省しているので許してほしい。

「どうしてあそこで違う電車に乗るかなー。普通さ、アタシに確認取るでしょ。雰囲気に任せて乗らないでしょ。てか、時刻表見てないでしょ」

正面に座るカナが、グチグチと止まらない文句を垂れ流す。

この数時間、ずっと責められていた。オレが悪いのは理解しているが、正直辛い。

「この男を一瞬でもカッコいいと思ってしまった自分が腹立たしい……。あんなキリッとした顔で逆方向の電車に乗るなんて……！」

「オレらしいと言えば、オレらしいだろ？」

「知るかバカ」

カナは全力でため息をつき、窓からの景色をしばし眺める。

田舎らしい景色で落ち着いたのか、鋭くなっていた目つきを柔らかくさせた。

「ま、ここに来たことだけは褒めてあげる」

「どうも」

「一つ聞いていい？　荷物は？」

「荷物？」

「リク、手ぶらじゃん。向こうでしばらく泊まる予定だけど……」

「なんだと――――」

それは聞いていない、と思いながらカナが旅行用のバッグを手にしていたことには違和感を持っていた。もうダメダメだな……。

自分でも呆《あき》れていると、カナが「仕方ない」と言いながら首を横に振った。

「何とかなるでしょ。今さら愚痴ったところで何も解決しないし」

「何時間もオレを責めていた人の言葉とは思えないな」

「アタシは過去ではなく、現在を生きる女。愚痴っていた過去なんて忘れた」

口笛でも吹きそうな飄々《ひょうひょう》とした態度でカナは言ってのけた。ある意味大物である。

この自分中心な振る舞い、まさにオレがイメージするギャルと不良が合体した姿だ。

「彩奈《あやな》には連絡したの？　行くって」

「してない。したら避けられそうな予感がしてさ」

「……そ」

オレの予感に納得したようで、カナは短く返事をしてから頷《うなず》いた。

「もう一つ、聞いていい？」

ついさきほどの軽い口調ではない。こちらの様子を窺《うかが》う慎重な尋ね方だった。

思わず身構え、「何？」と短く返す。

「彩奈とリクに……何があったの」

「やっぱりそれか……」

「ごめん。気になっててさ……あ、その、無理にとは言わない。でも、何か協力できるかもしれないじゃん？　アタシで力になれるなら何でもするからさ」

何でもする——その言葉にウソはない気がした。

こちらを見据えるカナの真剣な瞳、そこに宿るのは純粋に他者を想う心だった。

「どうして……そこまで？」

「リクと彩奈のため」

「即答か……」

「臭い考えだろうけど、アタシは身近な人が不幸になるのは許せないの。仲の良い友達なら尚更《なおさら》。何より、ただ事じゃない。リクと彩奈の間にある問題は……きっとアタシには想像できない過酷な何かだと思ってる。ほんのちょっとでもいいから力になりたい」

自分の考えを押し付けるのではなく、むしろ切実な願い。

表情を硬くさせているカナは、その真剣さを訴えるようにオレの目を見つめてくる。

これは本気だ。疑う余地がないほどに。

オレは星宮《ほしみや》との関係を陽乃以外の誰かに話す気はなかった。

その考えを崩された瞬間だった。カナに知ってほしいという気持ちが芽生えている。

「わかった。言うよ」

姿勢を正したカナは、体を前に傾けてオレの話に意識を向ける。

――――ッ。

話そうとするだけで心が激しく揺さぶられ、両目に熱が集中し始めた。

翻弄される感情に耐えるべく奥歯を噛《か》みしめた後、深呼吸を繰り返す。

一瞬でも気を緩めれば泣いていた。

「待ってリク。そんなに辛いなら――」

「……いや、話すよ。カナが本気で心配してくれているのは伝わった。だから……知ってほしい」

激しく揺れていた振り子が落ち着きを見せるように、オレの感情も正常に戻り始める。

星宮との関係を陽乃に説明したときは、オレは感情をむき出しにし、獣のように取り乱していた。でも今回は……自分の心を見つめながら冷静に話せそうだった。

「――というわけで、今に至ります」

詰まることなく最後まで説明することができた。

自分の胸に手を当て、心臓が平常運転であることを確認する。

……大丈夫、取り乱していない。星宮と会う前からメンタルをやられていたら話にならないからな。これくらいは乗り越えるべきだ。

この先、予想もできないことが起きない限りは星宮と正面から向き合えるだろう。

◇◇◇

「……スッ……んっ……ん」

「え――」

嗚咽《おえつ》をこらえるような声が聞こえ、顔を上げる。カナは自分のつま先を睨《にら》みながら、悔しそうに唇を噛んでいた。その膝に乗せられた両手はギュッと固く握られている。

「そんなの、ダメでしょ……ん、んっ……！　ダメだって、そんな酷《ひど》い話……！」

「カナ……」

怒り悔しさ悲しみ……あらゆる感情がカナの中で渦巻いている。

震えた声から、やるせない気持ちが伝わってきた。

カナの両目に溜《た》まっていた光が、次第にぽろぽろとこぼれ始める。

「ほら、ハンカチ」

「な、泣いてねえし！」

オレのハンカチを受け取ることなく、カナは手で乱暴に拭う。

拭う行為が堰《せき》を切るきっかけになったのか、どんどん涙があふれてきた。

「ちょ……っ……ごめっ……トイレ行く――――」

すかさず立ち上がり席から離れるカナ。急ぎ足で隣の車両に姿を消した。

一人残されたオレは、窓の外を見ながらボソッと呟《つぶや》く。

「この電車にトイレはないんだけどな」

カナは泣く姿を見られたくないらしい。見た目通り負けん気が強いのだろう。

そして、とても心優しい少女なのだ。

◇　◇　◇

一人の時間を過ごし続ける。カナが離れてから電車は一駅停車し、現在は何事もなく走

行していた。中々帰ってこないので探しに行こうか。

その考えが浮かび始めたとき、すぐ隣の通路に人の気配を感じる。カナだ。

「ごめん。戻った」

カナの目は薄《うっす》ら赤みを帯びていた。それ以外に目立った変化はないので、気持ちは落ち着いたらしい。再びカナはオレの正面に座る。

そして、断固たる決意を感じさせる——強い口調で宣言した。

「アタシ、リクに協力する。協力者になるよ」

「協力？」

「うん。リクは彩奈のために頑張る……それをアタシは支える」

「カナ……」

「協力者になるよ、アタシ。何があっても力になる。全力を尽くす。リクと彩奈こそ幸せになるべきだから」

協力者とはまた大げさだな……と思うが、カナの想《おも》いと決意を表した言葉なのは間違いない。オレとしても、事情を理解し、応援してくれる人がいるのは素直に嬉《うれ》しかった。

それに、このまま星宮と向き合ったところで平和に事が進むとは思えない。

星宮の性格を考えると、絶対に自分を責め続けている。

オレに罪悪感を抱き、オレからの優しさすら拒絶するだろう。

この状況、星宮の親友であるカナが力になってくれるのはとても心強い。

「リクの話を聞いてさ、気になったことがあるんだけど……いい？」

「いいよ。この際だ、何でも聞いてくれ」

「リクは今も春風《はるかぜ》のこと、好きなの？」

「もちろ——」ん、今も好き。

そう言おうとして言えなくなった。

星宮を気にしてのことではない。違和感があった。

星宮のもとに行くと決め、陽乃と別れてから不思議なほどに心が軽い。

頭が冴《さ》え渡る。重い鎧《よろい》を脱ぎ捨てた感覚。目の前の現実をはっきり認識できる。

それは自分の内側に対しても同じだ。

星宮に対する好きと、陽乃に対する好き。その二つは、本質的に何かが違う。

今まで自分の言動なんて気にしたことがなかった。

改めて振り返ると——。

「ごめんリク。やっぱいいよ。余計なこと聞いた」

考え込むオレを見て、カナは反省した様子を見せた。

　オレも考えることをやめ、口を閉ざす。今は星宮以外のことで悩むべきではない。

「なんかさ、リクにばっかり話をさせたじゃん？　そのお詫《わ》びってわけじゃないけど、アタシの話もするよ。……といっても、リクほど勇気がいる話じゃないけど。恥ずかしくもある黒歴史的なエピソード」

「へぇ、気になる。犬のうんこを踏んだとか？」

「違う、うんことか言うなっ。一回大人しく聞け」

　そう前置きし、カナは語り始める。駅に到着するまでの暇つぶしにも良さそうだ。

「あれはアタシが中二の頃。友達に影響されて恋愛に興味を持ち始めていたの」

「カナも恋愛に興味を持てる人だったんだな」

「まあね……ひょっとしてバカにした？」

「し、してないです……」

　ギロリと鋭い目で睨まれたので、即謝罪する。

　元々目つきが怖い上に雰囲気も刺々《とげとげ》しいものが混じっているので、カナからは恋愛のイメージがなかった。当然そんなことは口にせず、カナの話を静かに聞く。

「一つ上に、校内の女子たちから絶大な人気を得ている先輩がいてさ、アタシから見てもイケメンなわけよ。身長高くて頭良くて、皆に優しいって評判のイケメン」

「カナも好きになったのか？」

「好き……ってほどではないかな。皆が気にしてるからアタシも気になった程度。ま、付き合うとしたら、あんな人がいいなぁとは思ったけど」

「なんか普通だな」

「まあね。てかアタシ、普通の女の子だし」

「………」

「相槌《あいづち》打てよバカリク」

「話の続きをお願いします」

「釈然としないけど………ある日、その先輩と目が合ったの。そしてその日の放課後、先輩からの手紙が下駄《げた》箱んとこに入れられてた」

「急展開だな。一目惚《ひとめぼ》れされたとか？」

目つきが怖い云々《うんぬん》はあるが、カナの顔立ちは整っている。モテてもおかしくはない。

しかしオレの問いかけに、カナは「ふふっ」と乾いた笑いを漏らして話を続ける。

「校舎裏に来てほしいって書いてあったから、向かったわけよ。そりゃ色々想像したよ？告白されるのかな～って。アタシは先輩のこと好きってわけじゃないけど、とりあえず付き合ってみるのもいいかなって。ドキドキしながら校舎裏に向かった」

「お、おう」

「校舎裏に行くと、真面目な顔をした先輩がいた。そしてアタシを見るなり土下座した」

「…………え」

「お金は渡すから勘弁してください、って許しを懇願された」

「な、なんで?」

「噂《うわさ》のせい」

カナはオレの顔から窓の外に視線を移す。悲しいくらい遠い目をしていた。

「アタシさ、小学生の頃からボクシングやってんの。で、割と良い結果出してて……それのせいなのか、もしくはこの目つきのせいなのか……。多分目つきの方が原因なんだろうけど…………知らない間に、不良のレッテル貼られてた」

「あぁ……」

「『カナという女だけには喧嘩《けんか》を売るな、殺されるぞ!』『あの冷たい目で睨まれた奴《やつ》は、翌日東京湾に浮いている!』ってね……」

おどけた口調でその噂を言ったカナは、最後に「ほんとバカかよ」と吐き捨てた。

「一応聞くけど、人に暴力は――」

「振るったことない。喧嘩もしたことないよ。口喧嘩は何度もあるけどさ」

「そ、そっか……」

「アタシは土下座する先輩を見て思ったね。初恋もまだだけど、一生恋愛はできないと。アタシは恋愛とは無縁の人間なんだと」

「…………」

「パパ譲りの、この凶悪な目。これが全ての元凶……だからこそ、見た目関係なくアタシに接してくれる友達だけは大切にすると……そう決めてる」

語り終えたカナは、どこか満足そうにして背もたれに体重をかける。

オレも話を聞いたおかげで、カナという人間について少しだけ理解できた。

先輩との一件は、星宮を本気で心配し、オレの力になろうとする理由の一端でもあるのだろう。

「カナなら……良い彼氏ができるよ」

「はぁ？　何のお世辞？」

「お世辞じゃない。他人の幸せを心から願える優しい性格をしているんだ、絶対に良い彼氏ができる」

思ったことをそのまま口に出す。

こちらの本心を探るようにカナがジロジロと見つめてくるが、ウソではないと判断したらしく、口元を緩めた。

「……ふぅん。今のリク、結構良い線いってる。モテそうな雰囲気出てるよ」

「ふっ。オレに惚《ほ》れるなよ……火傷《やけど》するぞ」

「あーもうダメ。ダメダメ。今のでモテ度マイナス一億。その辺に転がってるダンゴムシの方が魅力的だわ」

「小学生レベルの罵倒やめてくれよ……」

「あ？　今、アタシをバカにした？　殴ってやろうか」

ファイティングポーズみたく両手をあげるカナ。こえぇ……。

冗談のノリだろうけど、こんな危なっかしい少女を好む男は滅多にいないだろうな。

互いにモテ評価を大きく修正したオレたちは、駅に着くまでの間、無言で窓からの景色を眺めるのだった。

◇　◇　◇

目的の駅に到着したとき、すでに夕方になっていた。

駅のホームを囲む柵の向こう側にはオレンジ色を帯びた畑が広がっている。ポツポツと民家の集まりも見えた。さらにその向こう、電車から眺めていた山が立っていた。

「田舎だな。これぞ田舎だ」

「アタシ、虫とか苦手なんですけど」

「虫の方が逃げていくんじゃないか？」

「あ？」

「あ、線路にも草が生えてる」

「おいこら」

露骨にカナを無視してみせると、かかとをコツンと軽く蹴られた。

「もうすぐ星宮と会えるのか……。嬉しいけど緊張してくる。星宮……」

「ほんと彩奈に夢中じゃん。リクって浮気《うわき》とか絶対にしないタイプでしょ」

「当たり前だ。浮気をする暇があるなら星宮をデートに誘う」

「もう彩奈と付き合ってるつもりでいるし……」

「つもりじゃなくて本当に付き合っているんだ」

お互い、正式に別れるとは言っていないからな。……そう考えるとオレは浮気をしたことになるのだろうか。星宮と付き合いながら陽乃に告白し、付き合っていた。

考え込むオレは腕を組み、線路に生えた草を睨《にら》み続ける。

「あの……黒峰《くろみね》さん……でしょうか？」

おずおずと尋ねられ、振り返る。

さっきまでホームの木製ベンチに腰掛けていたのだろう、一人の老婆がそこにいた。

白に染まる髪と皺《しわ》が走る顔からは、数え切れない苦労があったことを想像させる。着用している渋い薄緑色の着物と田舎の雰囲気が合わさり、古風なイメージを強くさせた。

……誰だ？　見たことがない人だ。見たことがない人なのに、頭の中が疼《うず》く。

脳みそに手を突っ込み、掻《か》きむしりたい衝動に襲われた。

「リク？」

心配そうにするカナがオレの袖を軽く引っ張る。それに反応をしている余裕すらない。

動揺を隠し切れないオレたちを気にすることなく、目の前の老婆は背筋を伸ばし、瑞々《みずみず》しい双眸《そうぼう》でこちらを見据え、穏やかな口調で自分について説明する。

「私は、星宮彩奈の祖母です」

「えっ――――」

声を上げたのはカナの方だった。

カナによると、星宮はおばあちゃんの知り合いの家にいる。

そして目の前にいる方こそが、星宮のおばあちゃん。

とても落ち着き払った、年齢相応以上に貫禄《かんろく》がある人に感じられた。

「カナさんお一人とお聞きしていましたが……黒峰さんもいらっしゃいましたね」

「あ、ごめんなさい。今の彩奈の状況を考えると、リクが行くことは逆に黙っていた方がいいのかなって思いまして……」

オレの代わりにカナが事情を説明してくれる。

星宮のおばあちゃんは構わないと言いたげに首を左右に軽く振った。

「私はカナさんにお礼を申し上げたく、お待ちしておりました」

そう言うと今度はオレを見つめ、腰を折って深々と頭を下げた。いきなりのことで驚かせる。行動の意味がわからない。

「あの……？」

「あの事故のことは一日たりとも忘れたことはございません」

「――――ッ」

「今、彩奈と黒峰さんを取り巻く事情も門戸《もんど》から聞いています。申し訳ございません」

「あの――――」

頭を下げたまま謝罪する星宮のおばあちゃんに声をかけようとするも、「しかし」と言葉が続けられたので口を閉ざす。

「彩奈も苦しんでいます、これ以上なく……！　もし、もし黒峰さんが彩奈に……事故の一件でこれ以上のことを……！」

――あぁ、そういうことか。何を言いたいのか察する。

星宮に恨みをぶつけるために、オレはここに来たのだと……そう勘違いしているのだ。

「お許しを請うつもりは毛頭ございません。ただ、彩奈ではなく、この私に――」

「事故のことは、まだ割り切れていません」

「――――」

星宮のおばあちゃんは頭を下げているので、どんな表情をしているのかわからない。それでもオレの一言で息を呑《の》む気配は伝わってきた。

オレの隣にいるカナも、微動だにせず現状を見守っている。

場に強烈な静寂をもたらし、風を切る音がオレたち三人の間を通り抜けていく。

世界が、オレの言葉を待っている気さえした。

だから純粋な本音を、一つの願いを口にする。

「オレは……会いたいだけです。ただ、星宮に会いたい。それだけなんです」

「………」

「恨みなんてあるわけがない。怒ってもいない。もちろん事故のことは、まだオレの中で割り切れていません。でもそんなこと、関係ない」

すらすらと本音が紡《つむ》がれていく、自分でも驚くほどに。

心の奥深くに積もり続けた星宮への想《おも》いが込み上げてくる。

「オレは星宮に会いたい。そして……一緒に生きたい」

「――――！」

事実を語るかのように、淡々と言い終えた。

星宮のおばあちゃんは顔を上げず、何も言わず、ひたすら腰を折り続けている。

もはや言葉は必要ない。

この場で、全てが解決したのだ。

「カナ、行こう」

「え、でも――――」

「行こう」

オレは星宮のおばあちゃんの横を通り過ぎ、一度も振り返らずに歩みを進める。

カナが後ろを気にしている素振りを見せていたが、意図的に無視して歩き続ける。

振り返らなくてもわかるのだ。

今もなお、オレの背中に向かって頭を下げていることくらい――――。

◇◇◇

駅から出たオレたちはバスに乗り込み、三十分ほど揺られて下車する。

降りたバス停には小屋があった。よく漫画で見るやつで、主人公とヒロインがイチャイチャしたり、日常系漫画では女の子同士が楽しく話をする場所でもある。実際に見るのは初めてだ。妙に興奮してくる。ロマンに近い感動を覚えていた。

「おいポチ、行くよ」

「誰が犬だ」

道に沿って歩き始めたカナの後を、慌てて追いかける。置いていかれたら迷子になってしまう。オレは歩きながら周囲を見渡し、感嘆のため息を漏らした。見事なまでに自然に囲まれていた。右を見れば雑木林、左を見れば田んぼが広がっている。

前方を見れば何軒かの家を確認できるが、集落と呼ぶのが正しいか。

昔、陽乃と田舎を題材にしたアニメを観《み》たが、そのアニメにそっくりの環境だ。

「なあカナ、星宮の家はどの辺にあるんだ？」

「ちょい待ち。今確認してるとこ……」

カナはスマホを睨みながら歩いていく。そして顔を上げ「あの家が集まっている地域から離れてるっぽい。山の近く。もっと自然に囲まれてる」と言いながらスマホの画面を見せてきた。星宮とカナのトークルームだ。そこには数枚の道案内用の画像と、星宮が実際に撮影したと思われる動画が貼られている。

「田舎っていいよな。解放感があるし、田舎暮らしに憧れる」

「実際は買い物に不便だったり、人付き合いが大変らしいけどね」

「夢のないこと言うなよ。……お、草原みたいになっている場所があるぞ。ああいう場所で走り回ったら楽しいんだろうなぁ」

「ぷふっ、まんま犬じゃん」

「……オレ、陽乃と星宮からも犬っぽいって言われるんだよな」

「うーん、言いたくなる気持ち、わかる。てか、言う。コロコロ感情が変わるし、思ってることすぐ顔に出すし……なんかリクは犬っぽい。ほいお手」

「舐《な》めるなよ？　オレは人間だ」

「お手したら飴玉《あめだま》あげる。イチゴ味」

「わん」

差し出されたカナの手に、すかさず軽く握った右手を置いた。イチゴ味が好きなのだ。

「やだちょっと可愛《かわい》いんだけど。バカにするつもりだったのに、可愛いんだけど。バカリクのくせに」

「いいから飴くれよ」

「そういうところが犬っぽいというか、リクっぽい」

バカにしてるのではなく、カナは笑みを含んで楽しそうに言っていた。

自然の空気感が影響しているのか、明るい雰囲気に包まれオレたちは進んでいく。

「そういえばさ、野菜の置き売り、見た？」

「見た。バスに乗っている最中だろ？　無人だったよな」

「アタシ、初めて見た。盗まれないのかな」

「そんな悪い人、田舎にはいないんじゃないか？」

「かもねー。コンビニ強盗する悪人とか、絶対にいないっしょ」

「フラグに聞こえるからやめろ」

他愛もない話を繰り広げ、やがて星宮が住んでいる家に到着する。

山裾の小高い場所に建てられた木造二階建てだ。瓦の黒ずみが年季を感じさせる。

後ろには山に続く森、敷地《しきち》内には背の高い草が生い茂っていた。

自然に囲まれているというよりは、自然と共存している印象が強い。

おかげで家の近くに立つ電柱が場違いのように感じられた。

「行こう、リク」

「…………」

「リク？」

「あ、ああ。大丈夫……行こう」

もうじき星宮に会えるのかと思うと、さすがに緊張してくる。何を喋《しゃべ》ったらいいんだろう。気持ちが先行して、何を喋るか考えていなかった。

オレが行くことを伝えず、文字通り奇襲をかけたわけだが、迷惑をかけないだろうか。

今になって常識的なツッコミを自分にしてしまう。

考えがまとまる前に、カナが家の前に立った。

オレは三歩ほど下がった位置から、玄関のすりガラスの引き戸を見つめる。

「じゃあ呼ぶよ？」

「はい……！」

「ガチガチに緊張してんじゃん。頑張れ、黒峰リク」

微笑《ほほえ》みと共にエールを送ってくれたカナは、呼び鈴に向き合い、そっと触れ——押し込んだ。

ジ――――ッ。
電子音が鳴り続ける。
「…………」
夏の暑さとは関係なく手に汗が滲《にじ》む。気持ちを落ち着けるため、深呼吸を繰り返した。
家の奥からバタバタと慌ただしい足音が近づいてくる。
すりガラス越しに人影が映った。女性の体格だ。
あの身長に体つき、雰囲気……見間違えるはずがない。
モザイクがかかったようにはっきり見えなくても瞬時にわかる。
星宮だ。
ガラッと音を立て、すりガラスの引き戸が開けられた。
現れたのは、やっぱり星宮で――――。
明るい茶色に染められた髪の毛と、輝かしい雰囲気は以前と同じだった。
白いTシャツにグレーの短パンという部屋着丸出しの服装も見たことがある。
そんな星宮はオレの存在に気づくことなく、カナを見てパッと笑みを浮かべた。
「カナ！　久しぶり～会いたかったよ！」
「彩奈？」

「ん？　どうしたの？」

「ううん、なんでもない。久しぶり。アタシも会いたかった」

想像以上に元気だった星宮に、カナは一瞬だけ動揺するもすぐ笑みを浮かべて対応した。

当然オレも戸惑っている。何もなかったかのような明るさだ。

それから二人は再会を喜び合い、話を弾ませる。

「カナ、夏休み楽しく過ごせてる？」

「ぼちぼちかな。彩奈の方は？　だいぶ田舎だけど問題ない？」

「最初は戸惑うことが多かったけど、今は楽しく過ごせてるよ。皆優しいし。カナもきっと気に入ると思う。……あ、数日間こっちに泊まるんだよね？　部屋は用意したけど」

「うん、よろしく。それで、さ…………もう一人のことなんだけど」

「え？」

本題は彼女たちの再会ではない。オレと星宮についてだ。

カナはオレの姿を見せつけるべく横にずれ、星宮の視線をオレに誘導する。

「あ」

目が合い、星宮の口から抜けた声が漏れた。

――――ッ‼

全身に鳥肌が立つ。
星宮の目は――目の奥に宿る感情は、オレが知るものではない。
嫌な予感が背筋に冷たいものを走らせる。
警告音のように心臓の鼓動が激しくなった。
手足が痺《しび》れ、現実に対する認識すら薄らいでいく。
もう逃げることはできない。
星宮は、オレの大好きな愛嬌《あいきょう》がある笑みを浮かべ――。
「えと、初めまして……ですよね？　カナの彼氏さんですか？」

二章　決意

「黒峰《くろみね》くん。おかわり、いる？」

「…………」

「黒峰くん？」

「リク。なにボーッとしてんの」

左肩にドスッと衝撃が襲ってくる。隣に座っているカナが肘で突いてきたようだ。

そのおかげで意識が現実に向く。食事中に色々考えてしまい、上の空になっていた。

現在、食事中。家の中に招待されたオレとカナは、居間で夕食をいただいている。

木材の円形テーブルに並んでいるのはコロッケにほうれん草のおひたしにサラダ……星《ほし》宮《みや》と同棲《どうせい》しているときに何度も見ていたようなメニューだ。懐《なつ》かしさを感じる。

「おかわりはいいかな、黒峰くん？」

「……………いいです」

「そっか。遠慮しないでね」

星宮は警戒心０の素直な笑みを浮かべる。優しさに満ちた態度が今のオレには辛《つら》い。

チクチクと針で心臓を刺されているかのようだ。

「リクくん、大丈夫かい？」

そう問いかけてきたのは、オレの正面に座る一人の優しそうなお婆《ばあ》さん。視界を確保できているのかわからない糸目でこちらを見ている。今は柔和《にゅうわ》な笑みを浮かべ、顔の皺《しわ》をより深くさせていた。名前は添田《そえだ》さん。数年前に夫を亡《な》くし、星宮を預かるまで一人で暮らしていたそうだ。若い頃は都会で暮らし、還暦を迎えてから田舎に引っ越したと、ついさきほど語っていた。

オレは添田さんに「大丈夫です」と言い、頷《うなず》いてみせる。

「そうかいそうかい。おかわり、いるかい？」

「……じゃあ、お願いします」

「ちょっと添田さん、なんだかおかわりさせてるみたいだよ」

「おかしいねぇ。お腹《なか》を空かせてる顔をしてるのにねぇ」

どんな顔だよ。むしろ食欲は低下している。

おっとり気味というか、天然が入っていそうな添田さんにオレは苦笑を漏らす。仕方なく、炊飯器を傍《かたわ》らに置いている星宮に茶碗《ちゃわん》を手渡した。

ご飯をよそう星宮を見ながら、オレはこの家に来た直後のことを思い出していた。

◇　◇　◇

「えと、初めまして……ですよね？　カナの彼氏さんですか？」

「は？　いやいや、彩奈《あやな》？　何言ってんの。冗談にしちゃ酷すぎるってば」

「……どういうこと？」

「彩奈……！」

目を見開いたカナは、キョトンと首を傾《かし》げる星宮を見て口を震わせる。星宮の真意がわからず、戸惑い、思考が停止している様子。

次に口を開いたのは――オレだった。

「オレは同じクラスの黒峰リクだ」

「えっ！　クラスメイト!?　うそ……ごめんなさい！」

「気にしなくていい。オレ、影が薄いから覚えてなくても無理はない」

即座に頭を下げた星宮に、オレは軽い笑いを交えて言葉を返す。

不思議なくらい冷静に対応できていた。

「クラスメイトを覚えてないのは最低だよね……ごめんなさい」

「本当に気にしなくていい。頭を上げてくれ」

「ほんとごめんね……」

顔を上げても星宮の表情は晴れなかった。

若干重い空気が流れるが、星宮が勇気を振り絞るようにしてオレに尋ねてくる。

「その、カナが来るのはわかるけど……どうして黒峰くんも来てくれたの？」

「男子代表で見舞いに来たんだ。星宮、体調を崩していたんだろ？」

「うん。急に高熱が出て、そのまま心もやられちゃってね………。でも今はごらんの通り、元気だから。夏休みが終わったら学校にも行く予定だよ」

「そっか。学校をやめるって話を聞いたから心配だったんだ」

「やめる……？　あ、うん、大丈夫。そういう話もあがっていたけど、事情を説明して学校に行くから安心して」

元気アピールなのか、星宮は朗らかに笑ってみせた。

……そうか、そういう『改ざん』か。

「悪いけど、オレも泊まらせてもらっていいかな？　急に来てお願いするのも変な話だけど」

「えと、男の子を泊めるのは……色々心の準備が必要と言いますか……」

「実は帰りの電車賃がないんだ。この家に泊めてもらえなかったら、オレはその辺の地面で寝ることになる。そして野宿しながら数日かけて家に帰ることになるだろうな」

「無計画すぎるよ黒峰くん……。う～ん、わかった。添田さんに相談してみる。多分、オッケーをくれると思うよ」

「添田さん？」

「うん、あたしの面倒を見てくれている人のこと」

照れくさそうに微笑を浮かべ、星宮は説明してくれた。

「じゃ、添田さんに話をしてくるから、ちょっとだけ待ってて」

何も問題がなかったかのように、星宮は家の奥に小走りで消える。

呆然《ぼうぜん》と突っ立っていたカナは、ハッと意識を取り戻してオレに詰め寄ってきた。

「ちょ、ちょっとリク！　あれ……どういうこと⁉」

「記憶の改ざん。電車の中で説明しただろ？」

「されたけど‼　でも、彩奈が忘れていたのは事故に関することで――」

「事故に関して忘れたのはどうしてだと思う？」

「それは……辛すぎて心が耐えられなかったから……？」

「そうだ。つまり、耐えきれない何かがあれば事故以外のことも忘れるってこと」

「うそ……だって……いやそんな……ッ！」

オレの説明を聞いたカナは信じられないとばかりに動揺する。乱れた息を何度か深呼吸して整え、不安そうな様子でオレに尋ねてきた。

「リク、アンタは平気なの？」

「平気なものか」

「ほんと？　なんか冷静じゃん。彩奈にも即興で合わせてさ。アタシなんか……何も考えられなかった。現実なのかもわからなくて……ただ呆然としてた」

「オレもカナと同じ気持ちだよ」

「え――――」

オレとカナの違いは一つ。心の備えだ。

いつもそう……。

順調に思えても、運命というやつはすんなりと幸せな道を歩かせてくれない。

予想できない何かは、必ず起きる。

それを理解しているかどうかで人の反応は大きく変わってくるのだろう。

少なくとも、星宮は笑顔を浮かべることができる環境で生きている。

それだけがオレにとって唯一の救い……。

「こんなの……辛すぎるってば」

「今は星宮に合わせよう。下手に過去の記憶を刺激したらどうなるかわからない」

「……うん」

「まずは状況を確認して色々整理したい。先のことは……それから考えよう」

「すごいね、リク。冷静じゃん」

「オレは……冷静であろうとしているだけだよ」

感情を縛る縄を少しでも緩めれば、今すぐにでも泣き叫んで全てを投げ出す。

オレは弱い人間なのだから——。

◇　◇　◇

「はい、黒峰くん」

「ありがとう」

星宮から茶碗を受け取り、こんもりと山になったごはんを確認する。

ほのかに湯気が立ち、一つ一つの米粒がふっくらしているのが見て取れた。

「リクくんや、いくらでも泊まっていいからねえ。服も達平《たっぺい》さんのがあるからねぇ」

達平さん……添田さんの亡くなった夫の名前だ。

「ありがとうございます。お世話になります」

丁寧に頭を下げ、お礼を伝える。添田さんは本当に優しい方だ。いきなり来たオレを嫌な顔せず受け入れてくれたのだから。ただ、もう少し警戒心は持った方がいい。

「ところでリクくんや、彩奈ちゃんと付き合ってるのかい？」

「え」

「添田さん⁉　いきなり何を言うのかなぁ⁉　あたしたち、付き合ってないから！」

口を半開きにして固まるオレとは違い、星宮は顔を真っ赤にさせてプンプンと怒る。

添田さんは気にすることなく穏やかな表情で何度も頷いていた。

「そうかいそうかい、変だねぇ。リクくんの彩奈ちゃんを見る目がねぇ、私を見るときの達平さんに似ていたもんでねぇ」

「――――ッ」

もはや言葉を発せなくなった星宮はチラッとこちらを見る。

オレと目が合い、パッと視線を逸《そ》らして目を伏せた。

「……添田さん、変なこと言わないで。黒峰くんと……気まずくなっちゃう」

ポツポツと、蚊の鳴くような小さな声で非難する星宮。うぶな一面が発揮されている星宮を見ても、添田さんは穏やかな表情を崩すことはなかった。

「ごめんねぇ彩奈ちゃん」

「いえ……次から気をつけて頂ければ……」

「うんうん、気をつけるねぇ。ところでリクくんと彩奈ちゃんは付き合ってるのかい？」

「添田さん⁉」

もう添田さんはお年かもしれない。

◇　◇　◇

アタシに用意された部屋は、二階の六畳くらいの居室だった。

普段から使われていないらしく、布団《ふとん》以外何もない。殺風景だった。

リクに割り振られた部屋も同じく二階で、こんな感じだった気がする。

窓を開ければ夜風が流れ込み、近くの森から虫の鳴き声が聞こえてきた。

ホーホー……ホッホ……。

自然の合わさった音に紛れ、フクロウの鳴き声まで……。

「田舎すぎるでしょ……うわっ、虫！」

指先よりも小さな虫が数匹飛び込んできたので、すぐに窓を閉めた。

侵入してきた虫たちはブゥと不快な羽音を上げ、照明に群がる。

それを見上げていたアタシは気分を落としながら座り込み、リクと彩奈のことを考え始めた。

アタシは二人に何をしてあげられるのか。

知れば知るほど、そして状況が進めば進むほど、アタシにできることはないと思い知らされる。とくにリクの心情を想像すると、ギュッと胸を締めつけられる思いになった。

あまりにも辛《つら》すぎる。好きな人に忘れられるなんて……。

リクの場合、ただ忘れられただけではない。

あの事故のこともそうだし、人生を共に歩んできたと言っても過言ではない幼馴染《おさななじみ》の春風《はるかぜ》と別れている。これだけの出来事を経た上で、リクは彩奈に会いにきた。

その結果がこれなんて……ッ！

「ただ会いたいだけ、一緒に生きたい………」

リクは彩奈のおばあちゃんに本音を明かした。

熱いわけでもなく、冷めているわけでもない喋《しゃべ》り方だからこそ、本当の想《おも》い、純粋な本音なのが痛いほど伝わってきた。

何とかしてあげたい気持ちになる。

もちろん彩奈のことも――――。

「彩奈、どうしてリクを忘れたんだろ」

辛い出来事に耐えられなくて、自分の心を守るために記憶の改ざんをする……。

そうリクから聞いた。

「ということは、彩奈にとってリクは辛さの原因になっている……？」

もしくは罪悪感に耐え切れず、今に至っているのかも。

彩奈の性格上、どこまでも自分を責めて責めて、責め抜く。

その結果、罪悪感の向き先であるリクのことを忘れて自分の心を守った……とか？

「あー！　考えてもわかんない！　頭使うの苦手だー！」

昂《たかぶ》る感情のまま、自分の頭を掻《か》きむしる。

普通の人間関係から逸脱した問題なのは間違いない。

誰が悪いとかないからこそ、余計に難しくなる。

「二人の関係はリセットされた……ううん、もっと酷《ひど》くなってる」

とにかくリクが心配。平然としていたけれど、夕食のときはボーッとしていた。

心ここにあらず。今アタシが考えていたことをきっとリクも考えている。

そしてその先のことも……。

「よしっ。リクのとこに行こう」

協力者になると誓った以上、傍観してばかりはいられない。

というより、なんでもいいから力になりたい。

アタシが腰を上げ部屋から出て行こうとした、その直後――ドアが開けられ、彩奈が姿を見せた。その表情は躊躇《ためら》いを残しつつ、何かを聞きたそうにする真面目なものだ。

「彩奈？　どうしたの？」

「えと、聞きたいことがあって……今、いい？」

「いいけど……」

彩奈を部屋に招き入れ、お互いに立ったまま向き合う。

事情を知るアタシが身構えるのはわかるけど、彩奈の方も肩に力が入っていた。

視線が右往左往しているし、ぎこちない仕草でそわそわしている。

「…………」

この空間に、なぜか緊張感が漂い始めた。アタシから話を促そうか。

そう思うも、意を決したように彩奈は口を開き、おそるおそる話を切り出してきた。

「その、黒峰くんについて聞きたいんだけど……」

「リクについて？」

「うん。あたしと黒峰くんは接点なかったでしょ？　それでもあたしが黒峰くんのこと知らなかったのはあり得ない話だけど……。だからその、もっと黒峰くんのことが知りたいなーって……あはは」

一気に喋り通した彩奈は、何かを誤魔化すように小さく笑った。

これまで接点を持たなかった男子が、突然会いに来たら気になるのは当たり前……。

当たり前だけど、彩奈の反応はまた少し違う予感がした。

彩奈の照れ臭そうにする態度、テンポが速く若干トーンが高い声音……。

その奥から甘酸《あまず》っぱい何かを感じて仕方ない。

「いいよ、リクの何が聞きたい？　何でも教えてあげる」

「じゃあその……カナは黒峰くんと仲が良いの？　お互いに名前で呼んでるし、親密な雰囲気を漂わせてるよね。やっぱり付き合ってる？」

「アタシとリクが付き合ってる……？　いやいや！　ないない！　それこそあり得ない！リクはアタシの好みじゃないから！」

アタシは手を激しく振り、笑い飛ばす勢いで断言した。マジでない。

「そんなに否定するんだ……。でも、仲は良いよね？　カナが男子と仲良くするところなんて初めて見たもん」

「うーん、仲が良いってよりは協力関係?」

腕を組み、考えてから言う。リクとは友達って感じでもないしね……。

「何の協力関係?」

「それは秘密」

「えー」

「でもアタシとリクは恋愛関係にないし、今後もそうならないから安心して」

「……そっかそっか」

不安要素の一つを解消できたのか、彩奈はホッと胸をなでおろす。

これはやっぱり……?

話の流れからして、彩奈が本当に知りたいのはリクの恋愛絡《がら》み……。

もう少し探りを入れてみたい。

「あー、リクは結構モテるよ。クラスでは目立たないけど、それが良いって子もいるし」

ウソだ。

男子たちからは『春風に付きまとう変態』『何を考えているかわからない根暗』『地味に
スポーツと勉強ができてムカつく』と言われているし、女子たちからも『よく見ると顔が整っているけどやっぱり地味』『陽乃《はるの》ちゃんをずっと見ていて怖い』『教室の隅に生息している謎の生物』と散々な評価をされている。

ある意味で有名人物なのがアタシの知る黒峰リクだった。

記憶の改ざんを行い、その事実を知らない彩奈は「そうだよね……黒峰くんモテるよね……。カッコいいもん」と素直にアタシの言葉を信じ、不安そうに呟《つぶや》いていた。

「リク、彼女いるよ」

「い、いるよね、彼女くらい……黒峰くんなら。あはは…………ッ」

悲痛に似た表情を浮かべた彩奈は、両肩を落として露骨に落ち込んでしまった。

ズーン……と雰囲気が暗く、彩奈の頭上に暗雲すら見えるほどの落ち込みっぷり。

胸の中に罪悪感が満ちていく。緊急でネタバラシをすることにした。

「ウソウソ！　リクに彼女はいない！　ちょっと彩奈をからかっただけ！」

「な、なんでそんなウソをつくのかなぁ⁉」

顔を赤くさせた彩奈は頬を膨らませて可愛《かわい》らしく怒る。

でもすぐに「彼女いないんだ、そっかぁ」と呟き、表情を緩めてわかりやすく安堵《あんど》していた。暗雲が霧散し、パァーッと光が差している。これだけ材料が揃《そろ》えば明白。

彩奈はリクを意識している。

「リクのことが気になるの？」

「なんとなく、ね。今まで見てきた男の子とは何か違うの。変な感じ……。すごく気になる。なんだろ……？」

彩奈は腕を組み、首を傾《かし》げる。自分の感情を理解していない。

その疎《うと》いところも彩奈らしさがあった。

……全てを打ち明けたい。

でもアタシが言うのは違う。

仮に過去について教えるとしても、それはリクがするべきこと。

協力者であるアタシは流れを変える行動をするべきじゃない。

「そういやリクの連絡先は知らないの？」

「え、知らないよ？　今まで話をしたことなかったし」

「そう……」

同棲《どうせい》していたのなら連絡先くらい交換しているはず。電車の中でリクは『星宮に行くことを連絡していない』と言っていたのでほぼ間違いない。でも彩奈は平然としながら知らないと言った。

ひょっとしてリクの連絡先を消した？

それくらいしていてもおかしくない。記憶の改ざんをするほどだったら……。

ほどなくして彩奈は「まだ用事が残ってるから下に行くね。色々教えてくれてありがと」と言い、この部屋から去っていった。

これまでのことを踏まえ、アタシは確信に近い仮説を立てる。

「……記憶は消えたけど、リクへの好意は消えてない？」

◇◇◇

何も置かれていない六畳の部屋が、空虚なオレの心を映しているように感じられる。

隅に腰を下ろし、体を丸めるように体育座りをした。これまでを振り返り状況の整理を頭の中で行う。一番の問題は、星宮がオレを忘れていたこと。

それに伴い、他の記憶も改ざんされている。

話を聞いた限りだと星宮の中では『高熱で学校を長期的に休み、田舎で療養していた』ことになっている。

夏休みの間に学校をやめる話についても、そういう話があがっていた程度で、正式に受理されていなかったようだ。

もしオレが星宮に関わることをやめていたら、星宮は何事もなかったかのように平和に暮らしていたんだろうな。オレと出会う前のように……。

「星宮にとって、オレは不要どころか……重荷……幸せを邪魔する存在ってことか」

冷静に考えればバカでもわかる。

ピンポイントで『黒峰リク』のことだけを忘れているのだ。

記憶の改ざんを行う理由が自分の心を守るためなら、オレの存在が星宮の心を傷つけている証明になる。

「はぁ……。何が星宮を守りたいだよ。オレが……オレの存在が、星宮を傷つけているじゃないか」

仮にオレに対する罪悪感で記憶の改ざんを行っていたとしても、やはり『黒峰リク』の存在が星宮を傷つけていることになる。

どちらにせよオレは不要な存在……。

冷静であろうと心がけ、状況の確認をして整理ができた。

なら、これからオレがするべき行動も決まってくる。

「リクー。いる？　……うわ暗っ」

能天気な声が聞こえ、顔を上げる。

部屋の入り口にカナが立っており、こちらを見て顔を引きつらせていた。

「何か用か？」

「アタシなりにさ……色々考えてみたんだよね」

そう言いながらカナはドアを閉め、オレの前にやって来て腰を下ろした。

「彩奈は記憶の改ざん……ってやつをしたわけじゃん？　その理由を考えてみた」

「オレの存在が星宮を苦しめている……そういうことだ」

「リク、それは――」

「明日、帰るよ」

「帰るって……彩奈のことはどうするの？」

「極力関わらないようにする。オレのことを忘れて幸せになれるなら、それでいい……」

言いながら胸が軋《きし》む。息が苦しくなる。呼吸の仕方さえ忘れる。

星宮の幸せを一番に考えても、辛《つら》いものは辛い。

……オレの事情は関係ない。

オレは星宮から離れるのが正解なのだ。

「仕方ない……仕方ないんだよ……ッ」

膝の間に顔を突っ込み、泣きそうになる顔を隠す。

改めて自分の決断を口にし、感情が噴出し吐き気がしてきた。

「リク自身は……それでいいの？」

カナの優しい口調による問いかけに、心の中で『嫌だ』と答える。

嫌に決まっている。

思い出してほしい。星宮と一緒にいたい。

しかしそれはオレの願望でしかない。

オレは星宮にとって不要どころか邪魔な存在なのだ。

ならもう……仕方ない。

「アタシ、さっき彩奈と話をした」

「……それで？」

「確証がないから言うか悩んだけど……消えてないっぽい」

「…………？」

なにが？　気になり顔を上げると、カナは内心を表したように視線を彷徨《さまよ》わせていた。

数秒ほどして気持ちの整理ができたのか、こちらを見据えて口を開く。

「感情」

「感情？」

「うん。感情っていうか、リクに対する好意は……消えてないっぽい」

「オレに対する……好意」

「彩奈はリクを意識してた。彼女がいないとわかったら喜んでたし……。ま、恋愛感情だと自覚してなかったけど」

「たまたま、とか」

「何がたまたま？　意識してたことは事実」

「……お、オレがカッコいいから意識してるだけとか……」

「本気で言ってる？」

「………」

言ってない。

自分でもわからないが、なぜか反発心を抱き、意味不明な反論をしていた。

「リク、この意味……わかる？」

「意味……？」

カナは深く頷《うなず》き、身を寄せてくる。

そして真面目な顔で、ゆっくりと丁寧に言葉を発した。

「彩奈はね、罪悪感に耐え切れず記憶を消しても……リクを好きな気持ちだけは消せなかったの」

「―――」

「本人にその意思があったのかはわからないよ？　でも、唯一リクへの想《おも》いだけは消せなかった。それだけは、何があっても変わらない絶対的な事実……。彩奈は、どんな状況になってもリクのことが好きなんだよ」

もはや言葉すら発せない。何も考えられなくなる。

カナの力強い瞳に呑《の》み込まれ、次の言葉を待つしかなかった。

「罪悪感に苛《さいな》まれて……辛くて、記憶を消して、それでもアンタへの想いは消えてない。この意味、わからないとは言わせないよ」

「―――ッ」

「リク、アンタは不要な存在なんかじゃない。彩奈のそばにいなくちゃダメ……ううん、彩奈にとって一番いてほしい存在こそが、リクなの」

「オレ、が……」

「リクが好きだからこそ、罪悪感も強くなり……自分をどんどん責める。それで心が耐え切れなかった……そうに違いない」

いっそ泣きそうなほど辛そうにするカナを見て、ゆるゆると思考が回り始める。

……きっとカナの予想は正しい。納得できた。

星宮の性格を考えればありえる話。

そもそも、事故なんだ。星宮も被害者。オレに罪悪感を抱く必要はない。

「ねえリク、アンタは彩奈を救いに来たんじゃないの？」

「それは……」

「罪悪感で忘れられているのなら、逆に今がチャンスって考えられない？」

「チャンス……？」

「記憶が残ったままなら彩奈はリクを避けていた。でも忘れられている今なら、避けられることはない。むしろ好意は残っているから…………もう一度付き合えばいいんだよ。そしてまた、彩奈の記憶が戻ったとき……今度こそ離れずに寄り添えばいいじゃん」

心そのものに訴えかけてくる、力強くも静かな言葉だった。

カナはオレの目をジッと覗《のぞ》き込み、気持ちを共有させようとしてくる。

………その通りだ。

記憶を消しても、オレへの好意は消せなかったのなら……。

まだ、星宮にオレを求める気持ちがあるのなら――。

「あぁ、そうだな……その通りだ」

「オレの存在が、星宮を不幸にしているわけじゃないのなら……。まだ、やれることは残っている」

「リク？」

暗闇に包まれていた気持ちが晴れていく。

頭の中がスッキリし、霞《かす》んでいた現実の輪郭がはっきりと明確になる。

オレはまだ、自分の感情を殺さなくていい。

「カナ……ありがとう」

目の前の恩人を見据え、お礼を言う。

おかげで自分のやるべきことがわかった。道が開けた気分だ。

素直にお礼を言われることに慣れていないらしく、カナはサッと頬を朱に染め、そっぽを向いた。

「今さらだけど……好き勝手言ってごめん。リクも大変な立場なのに……」

「気にしなくていい、これからも遠慮なくどんどん言ってくれ」

「いいの？」

「ああ。オレは弱いから……本当に弱くてどうしようもない男だから……ちょっと油断したら、言い訳を並べて逃げちゃうんだよ」

「そんなことないと思うけど……」

「そんなことあるんだよ。だから、カナ。そうならないように『協力』してくれ」

カナは電車の中で協力者になると宣言してくれた。

今、この状況において他に頼もしい言葉はない。

握手を求め、カナに右手を差し出す。

「………」

オレの右手をチラッと見て逡巡《しゅんじゅん》したが、優しく両手で握ってくれた。

「協力者ね……いいよ。誓う、アタシは全力を尽くすと」

「ありがとう」

頬を染めたままのカナは、照れくさそうにして改めて宣言をしてくれた。

こうして良い人に恵まれているじゃないか。

かつてオレは自分の運命を、人生をクソだと罵った。そんなことはない。本当にありがたい。

握手を終えてすぐ、オレは思いついたことを口にした。

「というわけで早速相談がある」

「なに？　一発目の相談、はりきって聞いてあげる」

「そのさ、今から星宮に告白するのは……なしだよな？」

「うーん、ちょい厳しいかも。両想いだから今すぐ付き合いましょうは無理。彩奈の性格上、時間をかける必要がありそう……うぶだし」

「やっぱりそうか」

星宮は『告白されたから付き合います！』みたいなタイプでもないしなぁ。

加えて恋愛感情を自覚していない。着実に過程を積み重ね、その上で告白するべきか。

「今後の方針として、過去の記憶をなるべく刺激しないように星宮に接し、恋人になることを目指す……で、どう？」

「いいんじゃない？　アタシが考えてもそうなると思う」

カナの確認を得て、これからの行動が完全に定まった。

自分の胸に手を当て、大きくなりつつあった心臓の鼓動を聞き取る。

「………」

オレなら……オレなら大丈夫。大丈夫だ。

忘れられていても、大丈夫。

現実から目を背けるように、そう何度も自分に言い聞かせて――。

三章　日常

「黒峰《くろみね》くーん。朝だよ。おーい」

優しい声と共に肩を揺すられ、徐々に意識が浮上していく。

目を開けると、ぼんやりとだが星宮《ほしみや》の顔が見えた。

微笑《ほほえ》み混じりの優しい表情を浮かべながらこちらを見下ろしている。

あぁ……もう学校か。

本能的に拒絶感が込み上げる。このまま寝ていたい……。

欲求に身を委ねて目を閉じる。

「黒峰くん……？　朝だよ、起きないと」

「……じゃあ、目覚めのキスをしてくれ」

「えっ――――！」

「してくれたら起きる……」

確か三日前もこんなことを言って星宮を困らせていたな。

星宮は真面目でうぶな性格をしているから本気にし、動揺してから怒り始めるのだ。

もうじきオレの肩を激しく揺さぶり、『ま、また変なこと言って！　いいから早く起きて！』と赤面しながら言ってくるだろう。

「…………？」

そう予想していたが、全く反応がない。

普段とは異なったパターンに違和感を覚え、薄《うっす》ら目を開けて確認する。

「え、えと……その……っ」

そこには顔を真っ赤にして動揺している星宮の姿があった。…………ん？

なんだかリアクションが新鮮だ。

あと見える光景が全く違う。星宮の部屋じゃない。

見覚えのない天井に壁――――あっ。

ここは――――添田《そえだ》さんの家だ‼

「星宮！　今のは違う！」

状況を認識し、一瞬で眠気が吹っ飛ぶ。跳ねるようにして体を起こした。

「ごめん、寝ぼけてた！」

「だ、だめだよ黒峰くん……。あたしたち、出会ってまだ二日目なのに……ッ！」

「違うんだ！　昔と勘違いして……！」

「昔と勘違い？　ってことは……他の女の子にも目覚めのキ……キ、キスをお願いしてたの？」

キスと口にすることも恥ずかしいらしい。若干声が震えている。

頭の片隅で『星宮らしいなー』と思いながら、オレはどう説明するべきか悩んでいた。

「まあ、うん……他の女の子っていうか……う〜ん」

「そっか、そうだよね……黒峰くん、カッコいいもんね」

「星宮？」

「もうじき朝ご飯できるから……下にきてね」

星宮はオレに顔を合わせようとせず、そそくさと立ち上がり部屋から出ていく。

その姿はまるで彼氏の浮気《うわき》現場を目撃し、泣きながら去る少女のようだった。

「ヤバい……なんか気まずいぞ」

もう一度星宮と恋人になる。そう決意した日の翌朝。

星宮との同棲《どうせい》がきっかけで、早速アクシデントが発生した。

◇　◇　◇

朝食の時間を迎え、昨晩と同じく四人で食卓を囲む。隣に座るカナは黙々とご飯を口に運び、時折「うん、うまいっ」と言っては満足そうにしていた。

「リクくんや、昨日はよく眠れたかい？」

「はい」

「そうかいそうかい」

糸目を柔らかく曲げ、添田さんは嬉《うれ》しそうに何度も頷《うなず》く。おばあちゃんというのは、若者の反応を楽しむものなんだろうか……？　オレにも祖母はいるが――――。

「く、黒峰くん……ご飯のおかわり……いる？」

空になった茶碗《ちゃわん》に気がついた星宮が、昨日とは一転した恥じらい全開の態度で尋ねてきた。今朝の『目覚めのキス』が尾を引いている。

「じゃあお願いするよ」

星宮に茶碗を手渡すが――ちょんっ、とお互いの指先が当たった。

「――――ッ」

「ん？　彩奈《あやな》？」

「う、ううん！　なんでもない！」

「そう……？」

声にならない声を発した星宮を心配するカナ。

星宮はロボットみたいなぎこちない動きで茶碗にご飯をよそう。

……まったく、指先が当たったくらいで大げさな……くそっ、ドキドキが収まらない。

星宮の指先に触れた自分の右手を見つめ、なんだか居ても立ってもいられなくなる。

なんだか今すぐ叫びながら庭を駆けたい気分だ。

「黒峰くん……どぞ」

「あ、ありがと」

お互いに顔を背けながら、テーブルの上で茶碗の移動を行う。

顔を背けているのでオレたちは自分の手を見ておらず——またしても茶碗を掴《つか》むお互いの指が、ちょんっと当たった。

「「あっ」」

「彩奈？　マジ大丈夫？」

「だ、大丈夫大丈夫！」

「ふぅん？　てか、なんかリクも顔赤くない？」

「そ、そー？　いつものことだろー」

「いつも真っ赤なら病気じゃん。しかも喋《しゃべ》り方がわざとらしい……」

カナが追及する視線を送ってくるが、無視して茶碗に盛られたご飯にがっつく。

……なんだなんだ。本当にオレ、変だぞ。

星宮と同棲している間も、お互いの手が当たるくらいのことは何度もあった。

もちろん星宮は焦《あせ》る反応を見せていたが、オレはそのときに少し動揺する程度で……今ほど心が揺さぶられることはなかった。

もう一度、星宮の指に触れた自分の右手の指を見る。

ほんのわずかに熱が宿っているように感じられた。

◇ ◇ ◇

「やっぱり、オレおかしいぞ」

朝食を終えたオレは自室に戻り、床に大の字で転がりながら疑問に思う。

自分の感覚に違和感があるのは今に始まったことではない。

電車に乗ったタイミング……いや、星宮に会いに行くと決意し、陽乃《はるの》と別れてからだ。

感じる全てのものに明確さがある。霧が晴れ、クリアになった感覚だ。

「黒峰くん、着替えを持ってきたよ」

声が聞こえ体を起こすと、星宮が部屋の入り口に立っていた。

その両手には何着もの折り畳まれた衣服が載せられている。

ドアを開けっぱなしにしていたので、来たことに気づかなかった。

「……変な感じだね」

「え？」

はにかむ星宮に、オレは首を傾《かし》げる。

「あたしと黒峰くん、ちゃんと話をしたことがなかったでしょ？　だからね、今こうしているのが何だか夢みたいで……」

「………………」

引きちぎられるような痛みが胸を襲う。思わず胸を押さえてしまった。

「黒峰くん？」

「……なんでもない。ところでさ、田舎にはじじばばしかいないのか？」

「じじばばって……。うーん、偏見っぽいけど、そうかな。でもあたしと同じくらいの人もいるよ。力持ちの男の子」

「なに――――ッ」

まさかオレがいない間に別の男とラブロマンスが繰り広げられていたのでは……？

いやでも、そいつが星宮を幸せにしてくれるなら……ダメだ、納得できない。

「ど、どんな奴《やつ》？」

ゴクッと喉を鳴らし、祈る気持ちで尋ねる。

星宮は微笑を浮かべ、「力持ち以外わからないかな。話したことないし。遠くから見かけただけ」と軽い調子で言ってのけた。

ホッと息を吐いて安心する。良かった……。

少し気持ちに余裕ができたので、改めて今朝のことを謝ることにする。

「今朝のあれだけど……本当にごめん。夢と間違えて変なことを言っただけなんだ」

「そっかそっか……。黒峰くん、カッコいいし……意外と女遊びしてるタイプかなーって思ってた」

「してない。したくてもできない」

「ほんと？　それじゃあ……今まで何人の女の子と付き合ってきたの？」

誰かと付き合ったことがある前提で聞いてくるのか……。

「一人……いや、二人」

星宮と別れることなく陽乃と付き合ったので、合計二人だ。

オレの返事を聞いた星宮は、ガーンと衝撃を受けたようにのけぞる。

「思ったより、遊んでる……！」

「いやいや、二人だけで遊んでるとは言わないだろ……」

「その子たちとは、いつ頃付き合ってたの？」

「つい最近……。高二になってから……かな」

「短い期間でとっかえひっかえしてる……ッ！」

またしてもガーンと衝撃を受け、ドン引きする星宮。事実だけど違うんだ！

言いたいけど星宮にどのような影響を及ぼすのかわからないので言えない。

仮に言うとしても、もっとタイミングを見極めるべきだ。

「やっぱり黒峰くんはモテるんだね……」

「そういうわけでもないけどな」

二人のうち一人はあなたです。

「あはは……ごめんね。彼女でもないのに、黒峰くんの恋愛事情に反応しちゃって……」

「いいよ別に」

「自分でもわからないんだけど、なぜか黒峰くんのことが無性に気になって…………えと、あ、その……変な意味じゃないから！」

声を荒らげ、必死に取り繕う星宮が可愛《かわい》い。今すぐ告白したい。

「そ、それじゃ……また後でね！」

こちらに背中を向けた星宮は、逃げるようにしてバタバタと去っていった。

……あの、せめて着替えは置いていってください。

未《いま》だにオレ、パジャマなんですよ。

◇◇◇

星宮を追いかけ、服を受け取ったオレは再び自室に戻り着替えをすませる。シャツに短パンという楽な服装だ。サイズは問題ない。

「ちょいリク。彩奈と何があったの」

「……急に来るなよ」

「は？ ドアを開けっぱなしにしてるのが悪いんでしょ」

不遜な態度を見せるカナが、遠慮なく部屋に踏み込んでくる。協力者とは思えない。

「アンタさ、彩奈と何があったの？ やけに気まずそうじゃん」

「まあ……」

「協力者のアタシに話してみ」

とくに隠すことでもないので、今朝の出来事を打ち明ける。

ふんふんと聞いていたカナだが――――。

「リク、普通にキモい」

「うぐっ！」

「目覚めのキスって……。彩奈をからかいたい気持ちはわかるけどさ」

「……反省してます」

「いきなり躓《つまず》くなんてねー。どうしたものか」

二人で腕を組み、頭を悩ませる。そこへ三人目も加わった。

「ねえ二人とも、ちょっといいかな？」

「ん、彩奈？」

声がし、部屋の入り口に目を向ける。星宮だ。

……ドアを閉める習慣をつけた方がいいな、オレは。これまで一人暮らしだったのでドアを閉める発想自体がなかった。陽乃と暮らしていた時期もあったが、お互いに全てをさらけ出していたしなぁ。ドアを閉めるクセがつかないのは当然かもしれない。

「あたし、今から庭の草むしりをするの。もし用があったら庭まで来てね」

「草むしり？　彩奈は相変わらず真面目――――あ、待って。手伝わせて」

「いいけど……いいの？　カナ、そういうの嫌いでしょ？」

「世話になってるんだし、それくらいやらなきゃ。ね、リク？」

「オレ？」

返事を躊躇《ためら》っていると、肘で軽く突《つつ》かれた。……やれという合図か。

「わかった。オレも手伝わせてくれ」

「黒峰くんまで……。二人ともありがとね。じゃあ準備ができたら下に来て」

用件はそれだけだったらしく、あっさりと星宮は部屋の前から離れた。

庭の草むしり……一度もしたことがないな。

「チャンスだよリク。なんでもいいから彩奈と同じことを体験して距離を縮めるの」

「なるほど……！」

草むしりだが、頑張って星宮に良いところを見せよう。今朝の失態を取り返すんだ。

◇◇◇

「これ、一日かかるんじゃないか？」

「アタシ……やっぱ無理かも」

長袖長ズボンのジャージに着替えたオレとカナは、庭に出るなり悲惨な状況を目にして愕然《がくぜん》とする。家の縁に沿って短い草がズラーッと生え並んでおり、雑草の絨毯《じゅうたん》が庭全体に広がっていた。中には背丈が低い木っぽいのも生息している。

オレは好奇心から歩き回り、順に見ていくことにした。

庭の外観を良くしていたのだろう、楕円《だえん》形を崩した岩なども置かれているが、それも膝まで伸びた草に囲まれ、存在感を薄くしている。庭の隅にはコイでも飼っていたような小さな池の跡が残されているが、当然ながら中にコイがいるはずもなく、枯れてパサついた草が溜《た》まっているだけだった。

「添田さん。本当に変じゃない？　あたしの格好、おかしくない？」

「なんにもおかしくないよ。今日の彩奈ちゃんは変だねぇ。いつも格好なんて気にしないのにねぇ」

風に乗り、家の角から二人の話し声が聞こえてきた。

自然とそちらに顔を向け、ひょっこりと角から出てきた星宮を発見する。

というより添田さんに優しく背中を押され、押し出されていた。

「あ――黒峰くん……」

オレと目が合い、星宮は恥ずかしそうにうつむいた。服装を気にしているらしい。

別におかしいところはないし、めちゃくちゃ可愛い。

麦わら帽子を被《かぶ》り、首にタオルを巻いている。夏の暑い陽光対策だろう。

そして白い長袖のシャツに、ツナギ服みたいな——サロペットというやつだ。

デニム生地のサロペット。まさに農作業をしていそうな人の格好……。

学校ではギャルとして通っている星宮には無縁の格好に思えた。

思えたが……本来の性格を知っている立場としては似合っているように見える。

そもそも普通に似合っていて可愛い。恥ずかしそうにもじもじする姿も男の心に響く。

オレとしても星宮の新たな格好を見られて嬉《うれ》しい。

「リク。これもチャンス」

「えっ」

いつの間にかそばに来ていたカナが囁《ささや》いてくる。

「彩奈はリクにどう見られるか不安に思ってる。ここで褒めればグッと距離を縮められるよ」

「不安に思うもなにも、誰がどう見ても可愛いじゃないか」

「そう思うなら言ってあげな」

それだけ言うとカナはオレから離れ、様子を見守り始める。

代わりに星宮が気まずそうな足取りでこちらに歩いてきて、三歩分の距離を置いて立ち止まった。妙な緊張感が漂う。

「あ、あはは……変だよねーこの格好。あたしに似合わないっていうか……」

自信なさそうに控えめに笑う星宮。そんなことはない。

オレは思ったことをそのまま、今までのような軽いノリで言おうとする。

「──か、かか、かわ……わっ！」

「黒峰くん？」

「えー、あ……っ……あ？」

可愛い。そう口にしようとした直後、急に全身が熱くなった。

心臓が暴れ始め、頭の中が白っぽくなる。

これは──緊張だ。照れも混じってる感覚……。

訝《いぶか》しげにする星宮を前に、何でもいいから喋《しゃべ》らなくてはとさらに焦《あせ》る。

「あーもう、くそ……！　と、とにかく、変じゃない」

「ほんと？」

「……うん。むしろ……か、可愛い……と、思います」

「……えと、ありがと」

星宮は赤くなった頬を照れくさそうに指で掻《か》く。

オレも落ち着かない気持ちで妙にそわそわしていた。

なんだろう、まともに可愛いと言えなかった自分に違和感があった。

昔は気軽に言えていたのに……。

星宮と初めて映画に行った日のこともそう。オレは星宮の私服を見て何も気にせず『可愛い』と口にしていた。不思議だ……。自分の変化に戸惑う。

添田さんから作業道具を受け取る星宮を見ていると、カナが近寄ってきた。

「リク。アンタらしくないじゃん」

「なんか……違うんだよ」

「違う？」

「うまく言えないけど、感覚がリアルになっているんだ」

「はぁ？　なにそれ。もうちょいわかりやすく言ってよ」

「うまく言えないって言っただろ？　オレもわからないんだ。ちょっと前からこんな感じで……」

くそ、自分のことで悩んでいる暇はないのに……！　調子を崩している暇はないぞ。

「ん？」

「あん？　なに？」

　ふと隣に立つカナの格好に目が行く（カナは『やんのかコラ』と言いたそうなヤンキーみたいな目つきをしていた）。

「カナは学校のジャージなのか」

「自前だけど、それがなに？」

「地味な格好だな。星宮の、良い引き立て役だ」

「半殺しにしてやろうかバカリク」

　ぽこん。左の二の腕に、軽く拳を当てられた。

◇◇◇

　星宮から帽子と軍手、ねじり鎌を渡されて草むしりを始める。

　とりあえず家の周辺から草を除くことにし、オレは屈《かが》んでバカみたいに生えた雑草の群れと対峙《たいじ》していた。この辺は背が低い雑草だらけで、簡単に抜けそうだ。

　しかし庭の奥に近づくほど強敵が待ち構えている。

　膝まで伸びた草に、周囲の草に巻き付いて成長している草……。

オレはねじり鎌で土もろとも雑草を掘り起こしていく。

引っ張りやすそうな雑草は手で抜いていた。

太陽からの熱も忘れ、無心になって雑草たちを倒していく。

「あちーっ。てか、雑草やばすぎ。誰の許可を得て勝手に生えてんの？」

手を止め、腰を伸ばそうと立ち上がったカナが不満を漏らす。やはり不良っぽい少女には合わない作業のようだ。

「リクー。調子どう？　……………結構やってるじゃん」

こちらに歩み寄ってきたカナが、オレの仕事ぶりを見て素直に感心する。

身近の雑草を抜きながら突き進んでいたオレの後方には、掘り起こされた土に混じって数え切れないほどの雑草が散らばっていた。これぞ進撃、一本残らず抜いてやる。

「アタシら、もう二時間くらい草むしりしてるんですけど」

「二時間？　そんなに経《た》っていたのか」

「アンタ、夢中になってたもんね……。地味な作業好きなの？」

「どうだろうな。けど、苦ではない」

「へー。アタシには理解できないや」

バカにしているのではなく、純粋に合う合わないの話だろう。

何となく星宮を探して視線を彷徨《さまよ》わせる。いた。

真剣な瞳をしている星宮は、屈んで一生懸命草むしりをしている。時折、頬に垂れた汗をタオルで拭っていた。目の前のことに集中しているその横顔を見るだけでドキドキしてくる。明るい髪色と学校でのキラキラした雰囲気とは合わない行動をしているのに、また別の魅力……可愛《かわい》らしさを感じた。

一般的に面倒くさいと思われることでも、真面目に取り組むのが星宮らしくもあり、魅力でもあるのだろう。

ギャルらしい見た目なのに純朴な言動が目立つ……。

そのギャップも多くの男からモテる要素の一つに違いない。

……………星宮と二人で田舎に暮らすのもいいなぁ。

今みたいに庭の草むしりをしたり、一緒に畑仕事をしたり……。

自然に囲まれた世界で、二人だけの時間を過ごす。想像するだけで幸福感があった。

「おーいリク？　なにボーッとしてんの」

「ごめん。星宮と田舎で暮らす人生を想像していた」

「なにそれ。意味わかんね」

「素っ気ないぞ言い方が。もっと優しさがほしい」

「優しさ？　たとえば？」

「若いのに将来を考えている……と肯定的に捉えてほしい」

「なーにが将来だ。ただの妄想じゃん」

「くっ！　反論できない……！」

「妄想や想像で終わらせちゃダメでしょ。現実にしなくちゃ」

オレの目を覗《のぞ》くために屈んだカナが、力強い瞳で訴えてくる。

あぁ、そうだ……その通りだ。想像で終わってたまるか。

遠くで草むしりに励む星宮を見つめ、思いを強める。

必ずさっきの想像を現実にするんだ――――ッ。

星宮が顔を上げ、こっちを見た。パチッと目が合う。

星宮は何度かまばたきをし、「あはは」と照れ笑いをしてから――――。

『一緒に頑張ろうね』と言い、草むしりを再開した。

口パクだったが、確かにそう言っていた。

「………………」

好きな人からの口パクに胸がときめき、やる気がふつふつと湧いてくる。いくらでも頑張れそうだ。

馬は目の前にニンジンをぶら下げられたら、いつまでも走り続けるという話を聞いたことがある。バカらしく思っていたが、もうバカにできない。

オレも星宮の笑顔をぶら下げられたら、目を血走らせて永遠に走り続けるだろう。

◇　◇　◇

草むしりに没頭していたオレは、根っこが深い雑草と戦っていた。

脛《すね》まで伸びた太い雑草……。ねじり鎌を置き、手で抜こうと試みる。

根がちぎれない力加減が重要だ。このコツを摑《つか》もうとする作業が意外と楽しい。

そして、ここだ！　という感覚に任せて雑草を引き抜く。

思いのほかズポッと勢いよく抜け、オレは踏ん張ることができずに後ろへ倒れた。ドンッと尻をつき、そのまま背中を地面につける。土がパラパラと舞い、顔に降り注いだ。

「あ――――っ」

視界に映るは、雲が点在する青空。………空って、青いんだ。

もちろん知っていた。なのに、初めて見たような衝撃だった。

これまでの人生、そして陽乃との生活を思い出す。

オレは陽乃以外に興味を示さなかった。

今までの自分は、陽乃か、地面しか見てこなかったのだ。

空って綺麗《きれい》なんだな……。

あぁ、これが生きている感覚か。

心地よい疲労感が全身に満ちていく。夏の太陽が気持ちいい。

ツーッと額から頬に垂れていく汗、緩やかな風に撫《な》でられて心地よく感じた。

目を閉じる。

このまま寝たら気持ちいいだろうなぁ。

「黒峰くん、大丈夫？」

青空をバックに、星宮がオレの顔を覗き込んでくる。前に垂れてくる髪の毛を鬱陶しそうに掻き上げ、心配そうな表情を浮かべていた。

「大丈夫。綺麗な青空に思いを馳《は》せていたんだ」

「そうなんだ。黒峰くんはロマンチストだね」

ある意味ではそうかもしれない。嫌味なく笑う星宮を見て思った。

「そろそろお昼休憩にしよっか。添田さんがおにぎりを作ってくれてるから」

「わかった」

体を起こし、その場であぐらをかく。

すでに全身が汚れているので、もうどこで休憩しようが構わない。

すると星宮もお尻が汚れることを厭《いと》わずオレの隣に座った。

体をほんのちょっと横に傾ければ、星宮の肩に頭を乗せられそうな距離。

……オレとしては膝枕をしてほしい。

またしても妄想に耽《ふけ》っていると、星宮が話を切り出してくる。

「黒峰くん。手伝ってくれてありがとね」

「いや……カナも言っていたけど、お世話になっているんだしこれくらいはな……」

「ちゃんと聞いてなかったけど、いつまで泊まる予定かな？」

「できれば星宮がいる間……泊まりたい」

「あ、あたしがいる間？」

予想外と言わんばかりに尋ねられたので、コクッと小さく頷《うなず》いてみせる。緊張した。

「ひょっとして……あたしを心配して？」

「うん……」

「…………そっか」

沈黙が流れる。……今のオレの受け答え、もはや告白では？

まあ純粋にクラスメイトを心配して……とも捉えられる。恋愛に疎《うと》い星宮ならとくに。

流れ続ける沈黙に、どこか甘酸《あまず》っぱい緊張を感じていた。

「その、あたしのせいで朝から変な空気になってたよね……。ごめんね」

「始まりはオレの発言だろ」

「寝ぼけていたんでしょ？　それにあたし、黒峰くんに変なことを聞いたりして……」

変なこと——恋愛絡《がら》みの話か。

「あたし、なんだか調子がおかしいの」

星宮は真面目な表情に一転させ、半ば確信めいた言い方で疑問をぶつけてきた。

「黒峰くんとあたし……どこかで会ったことない？」

「——」

「学校じゃなくて……もっと別の場所で……」

これは、どう答えるべきなんだ。頼もしい協力者のフォローを期待するが、その協力者は縁側で「あちーっ。マジ太陽うぜーっ」とボヤきながら寝転がっていた。

「そんなわけ……ないか。あはは、変なこと言ってごめんね」

「…………」

「あたし、男の子とこんなふうに話をしたことがなくて……多分慣れてないんだと思う。

それで変な言動をしちゃってる……のかなぁ?」

「そうか? よく教室で話しかけられているだろ?」

「挨拶くらいだよ。カナの威圧感で逃げちゃう人もいるし」

「それはわかる。カナ、怖いよな」

「ちょっとだけ怖い雰囲気あるよね。でも、誰よりも優しくて友達思いの女の子だよ」

「それもわかる」

カナがいなかったら、オレはここにいない。今も陽乃にくっついていた。

自然な流れで星宮との会話が途切れる。意味もなく星宮の横顔を眺め、改めて可愛いと感じた。……………本当に可愛い。

そりゃそうだ、学校でモテモテの女子なんだから。校内で一番モテるギャルとも言われている。もう顔立ちが可愛いとか、そういう次元ではない。存在そのものが可愛い。

……………なんかオレ、可愛いを連呼しているな。

目の前の現実をリアルに感じるせいだろうか。キモいかもしれない。

「黒峰くん……」

「え」

ジッと星宮から見つめられる。顔が近い。

キスを想像し、猛烈にドキドキしてきた。

「動かないで……」

「――――」

そして星宮の右手がオレの顔に近づいてきて――――。

熱い吐息に魔法をかけられ、ピシッと石像になるオレ。

「ほっぺに土がついてるよ」

指で、優しく拭われた。心臓が跳ねる。

頬に感じた、星宮の人差し指の感触………ッ！

「どうかしたの？」

「………」

固まっていたオレを心配する星宮。

しかしオレは無言を貫き、すっくと立ち上がる。

「黒峰くん？」

「ちょっと用事を思い出した」

「うん………？」

小首を傾《かし》げる星宮を置いて、オレはスタスタと歩き始める。

目的地は縁側でグータラしているなんちゃって協力者のもとだ。

到着したオレは、四肢を放り出して寝転がるカナの顔を見下ろす。

「おいカナ」

「あん？　てか、なにアタシのとこに来てんの？　彩奈と二人で――」

「ムリだ」

「はい？」

「ムリだ」

「………………は？」

オレがカナの隣に座ると、カナも体を起こして座り直した。

「ムリムリムリムリムリムリ」

と言いながらオレは手を激しく横に振る。カナの目がジトーッとしたものに変化した。

「暑さで頭やられた？　彩奈と距離を詰めるチャンスじゃん」

「二人だからムリなんだよ」

「はー？」

素っ頓狂な声を発するカナ。理解できないらしい。

「初恋もまだな恋愛ド素人《しろうと》にはわからないだろうな。好きな人と二人きりになったときの、あの緊張感を……！」

「いやいや！　アンタ、彩奈と同棲《どうせい》していたでしょうが！」

「ふっ……また違うんだよ」

「意味わかんねー。マジ意味わかんねー」

気取った態度を取るオレに対し、カナは呆《あき》れ返ったように両手を上げた。

ちなみに星宮はオレたちに背を向けたまま座っている。

「アンタほんと変わった。色んな意味で」

「オレも自覚してる。初めてだ、こんなことは」

「ふぅん……。ま、良い変化に見えるけどね。前に比べて真人間って感じがする」

「以前は真人間じゃなかったみたいな言い方だな」

「そう言ってんの、ふふ」

ぶすっとするオレに、カナは楽しそうに笑う。

――あ、良いこと思いついた。

「カナ。お前の手は汚れてるよな？」

「はぁ!?　アタシは犯罪したことねーよ！　変なこと言うとぶっ殺すぞ！」

「手を汚す寸前じゃないか。そうじゃなくて、土がついてるだろ？　それをオレの頬につけてくれ」

「なんで？」

「いいから」

「その思考回路は相変わらず理解できない……」

そう言いながらも土が付着した指をオレの頬になすりつけてくれる。

「アタシ、なにしてんだろ……」

「これくらいでいい、ありがと」

「ねえ本当に何の意味があるの？」

「初恋もまだな恋愛ド素人にはわからないさ」

「あ⁉　一度ならず二度もアタシをバカにし――――」

キレ始めたカナを無視して立ち上がる。

天才的な作戦を実行するべく、星宮のもとに向かい、隣に立って話しかけた。

「用事は終わったよ」

「うん――――あれ？　黒峰くんのほっぺ、また汚れてる」

「んーおかしいなー？　不思議だなー。どこが汚れてるー？」

「ほっぺの――――ほら、屈《かが》んで」

苦笑を隠し切れない星宮から優しく促され、『作戦成功！』と内心でガッツポーズしながら屈む。これでもう一度星宮に触ってもらえる――――。

「彩奈ー。そのバカ犬の相手、する必要ないよー」

「え？」

「そいつ、アタシに頬を汚させたからー」

おい協力者ぁあああ！

心の中で怒声を上げながら睨《にら》んでやるが、カナはベーッと挑発的に舌を出してきた。

……あれか、初恋もまだな恋愛ド素人と言われ、根に持っているのか。

「黒峰くん……？　どうしてこんなことを？」

失望したというよりは、ただただ疑問に思っての尋ね方だった。

以前のオレなら素直に『触ってほしかった』と言えたのだろうが、今は口をもごもごさせて何も言えなくなる。恥ずかしい……。

「おにぎり、できたからねぇ」

どう答えるべきか悩んでいると、添田さんが部屋の奥から姿を現し縁側にやって来た。

両手で持つ大きなお皿には、ギッシリと三角おにぎりが並べられている。チャンスだ。

「お、ご飯だ！　行こう星宮！」

「う、うん……」

ゴリ押しの勢いで強引に話を終わらせる。

腑《ふ》に落ちない様子を見せる星宮だったが、追及はしてこなかった。

よし、なんとか誤魔化せたぞ……！

◇◇◇

添田さんは大量のおにぎりと紙コップを三個、水筒とおしぼりを用意してくれた。

そして「草むしり、ありがとねぇ」と間延びしたお礼をオレたちに言うと、一人で部屋の奥に行ってしまう。何かしらの用事があるのだろうか。残されたオレたちは縁側に並んで座る。左から順に、カナ、星宮、オレだ。

昼食タイムに突入し、添田さんお手製のおにぎりに手を伸ばす。

おにぎりの具は様々で、うめぼしを引いたカナが「うぎゅっ」と変な悲鳴を上げて苦しんでいた。多分ハッカ飴《あめ》とか食べられないタイプ。平気そうにうめぼしのおにぎりを食べるオレを見て、カナは謎の対抗心を燃やして積極的にうめぼしのおにぎりを口にし……ついには涙目になっていた。なんだこいつ……。

明るい雰囲気のまま食事を終え、ゆとりのある時間が生まれていた。

「リクってさーテレビ観《み》るの？」

「観ないな。あまり興味がない」

「だよねー。そんな感じがした」

テレビを観る時間があるなら、陽乃に電話するか、陽乃に会いに行く。

いや……もう過去の話だったな。

「芸能人とか、全く知らないんじゃない？」

「知らない」

陽乃だけを知っていれば満足だ。……それも過去の話だな。

暇に感じているのか、カナは星宮にも話を振る。

「彩奈ー。好きな芸能人は？」

「あたしも最近テレビ観てないんだよね……」

「へー。ところで、どんな人が好み？」

「えっ」

驚きで声を上げた星宮は、本当に一瞬だが、オレに視線をやった。

それから小さな声で「わかんない」と呟《つぶや》く。

その一連の行動を見逃さなかったカナは、いたずらめいた笑みを浮かべて「芸能人の好みを聞いたつもりだったんけど……ふぅん、へ～」とわざとらしく言ってのけた。

「やっ、黒峰くんを見たのは偶然で……深い意味はないから！」

「なんも言ってないじゃん、アタシ」

「……カナ、またあたしをからかってる……！」

露骨に怒った表情を見せる星宮だが、カナはいたずらっ子のような表情を崩すことはない。一方でオレは浮かれていた。星宮から好意を向けられているのはわかっているが、こういう照れを見られて嬉《うれ》しい。カナ、協力者として良い行動をしてくれた……。

「リク、アンタは誰が好きなの？」

「星宮」

「え⁉」

流れるように質問され、普通に答えてしまう。

「あ、いや、星宮みたいな人が好きって意味で――」

意表をつかれた反応をする星宮に向け、咄嗟《とっさ》に言い訳を並べた。しかし――。

「そ、そっかそっか、そうだよね。あたしのことが好きなんじゃなくて、あたしみたいな人が好き……え」

結局同じような意味。なんなら遠回しに告白したようなもの。

そのことに気づいた星宮はジワーッと頬を赤くさせ、うつむいて黙り込んでしまった。

そんな露骨すぎる反応を見て、自分の顔が熱くなっていくのがわかる。

普通に恥ずかしくもあり、照れくさい…………？　どう表現したらいいのだろう。

気持ちを知ってほしくもあり、知られるとむずがゆくなる……。

ええい、勢いで誤魔化せ！

残されていたおにぎりを手に取り、全力で食らいつく。

中身は昆布。味を堪能《たんのう》せず、一気に食べ切った。

「あ……黒峰くん、米粒がついてるよ。ほら」

当たり前のように、星宮は人差し指でオレの口端についていた米粒を取り、見せてくる。

「あはは。土や米粒つけたりして……犬みたいだね」

「犬？」

「うん。犬もよく口にミルクやご飯をつけてるでしょ？」

楽しそうに笑う星宮を見て、急に恥ずかしさが込み上げてくる。

優しくされて嬉しいけれど、今の雰囲気はまた別もの。

子供を扱うような微笑《ほほえ》ましい空気感を星宮は放っていた。

「どしたリク～。照れてるの－？」

「…………」

「何か言えしっ」

恥ずかしさを感じながらも星宮に対する想《おも》いがどんどん膨れ上がっていく。

今すぐにでも特別な関係に戻りたい。

我慢できなくなったオレは決意を固め、星宮に向かって口を開く。

「星宮」

「なにかな？」

「これからも、オレの口に米粒がついていたら……取ってほしい」

「う、うん……？」

それは疑問に思いながらの承諾だった。

優しい表情ながらもキョトンとしており、頭の上に『？』を浮かべている。

「はいリク。ちょっとこっち来い。拒否権なし」

ちょいちょい、とオレに手招きをしてから庭の隅に向かって歩いていくカナ。……なんだ？　首を傾《かし》げながらついていく。

「作戦会議」

「お、おお……？」

　星宮には聞こえない距離まで歩くと、怒気のある雰囲気で切り出してきた。

「今のセリフ、なに？」

「あれは毎日味噌汁《みそしる》を作ってほしいの変化形だ」

「全く伝わってなかったじゃん、てかなぜプロポーズまがいなことを？」

「告白したくなった」

「いやいや、百歩譲ってその気持ちを尊重するとして……なぜいきなり夫婦の関係に？」

「星宮が可愛《かわい》すぎて昂《たかぶ》った」

「あーうん……アンタは、リクって男は、そういう奴《やつ》だったね」

　ため息をつき、これでもかと呆《あき》れた様子をカナが見せつけてくる。……どうして？

「それよりもカナ、質問がわざとすぎる。グイグイいきすぎだろ。いきなり付き合うのは無理だと言っていたじゃないか」

「あれぐらいでいいの。自分と、そして相手の恋愛感情を意識させておくのが大切」

「……それ、実体験に基づく考えだろうな？」

「…………恋愛漫画に基づく考え……」

　頰を染めたカナが、恥ずかしそうに打ち明ける。

今度はこっちがため息をつく番だった。

「……不安だ」

「はぁ⁉　リ、リクだって変なこと言うじゃん！」

「オレは心のままに……素直に生きているだけだ」

「アンタの場合、それが犬っぽいって言ってんの！」

◇　◇　◇

「仲良いなぁ。あの二人、相性が良さそう」

庭の隅で言い合う黒峰くんとカナを眺めながら、そんなことを呟く。

喧嘩《けんか》をしている雰囲気があるけれど、本気で嫌い合っているわけではない。

お互いに言いたいことを言えている……そんな理想的な感じがする。

「いいなぁカナ……………あれ？」

いいなぁと思う自分を不思議に思う。

黒峰くんに抱く未知なる感情と、今の羨む感情は初めてで……。

とにかく胸の中が熱くなった。

「黒峰くん……か」

なぜだろう、黒峰くんを見ていると頭の奥がうずく。何かを忘れているような……。

言い合う二人を見ていたあたしは、視線を自分の指先についている米粒に移した。

ジーッと見つめる。

この米粒は、黒峰くんの口端についていたもの……。

チラッと黒峰くんたちを窺《うかが》う。こっちを見ていない。

「…………」

今から自分がしようとする行動に対し、緊張してくる。

胸の高鳴りが、ドキドキと体内に響いて聞こえるようだった。

最後に、もう一度だけ黒峰くんたちを確認する。

あたしを見るどころか、意識すらしていなかった。

タイミングは、今――――。

「あむっ」

思い切って、米粒がついている指先を口に含む。

噛《か》む必要はなく、米粒を飲み込んだ。

「……ら…………バ……の」

「……そ……い……」

二人の話し声が風に乗り、あたしの耳に届く。

今の恥ずかしい行為は誰にも見られていない。

「食べちゃった……黒峰くんの口についてたのに……」

頬が熱くなり、なんだか後ろめたい感覚にもなる。

米粒に、味はなかった。

◇◇◇

草むしりが終わった頃には夕方になっていた。

一日かかるかと予想されていたが、オレと星宮の頑張りにより早く終える。

まとめた雑草をゴミ袋に放り込み、綺麗《きれい》になった庭を眺めた。あれだけ草が生え渡っていたのに、今では土がむき出しになっている。爽快感があった。

「なんかいいな、こういうの……」

良い疲労感といえばいいのか。こんな感覚は初めてだ。ちょっとした感動に浸る。

「純粋かっ。子供みたい」

オレの隣に立っているカナが、呆れたような言い方で小馬鹿にしてくる。

そこへ星宮が優しい笑みを浮かべ――――。

「良いね。あたしはそういうの好きだよ」

「ま、悪くないけど……」

「星宮。さっきの言葉をもう一度言ってほしい」

「さっきの……？　そういうの好きだよ……かな？」

「うんそれ。もう一度」

「そういうの好きだよ……？」

オレを見つめ、星宮は訝《いぶか》しげにする。純粋な反応だな。

「今度は『そういうの』を省いて言ってほしい」

「――――ッ。く、黒峰くん!?　何を言うのかなぁ!?」

星宮の顔が真っ赤なのは、夕陽《ゆうひ》に染まるせいではないだろう。

懐《なつ》かしいやり取りに胸が温かくなる。

もし付き合ったままであれば、この勢いで抱きしめているところだ。

◇　◇　◇

夕食を終え、お風呂《ふろ》に入る時間になる。

べたつく汗を嫌がる星宮とカナは、二人で入ると言い浴室に向かおうとしていた。

「待ってくれ二人とも」

「あん？」

「オレ、仲間外れ？」

「えと……一緒に入りたいの？」

「情を見せんな彩奈！」

「オレたち、草むしりを一緒に頑張った仲間じゃないか。ぜひ三人でお風呂に——」

「バカ言うなっ！　ほら行くよ彩奈」

シャーッと蛇の威嚇をしたカナは、星宮の背中を押して廊下の奥に行ってしまう。

やはりダメだったか。まあ許可を出されていたら、それはそれで困っていたけどな。

女子二人とお風呂に入るなんて心臓がもたない。

そのうち一人が星宮ならなおさら。オレは鼻血を出して倒れる自信がある。

居間に戻ると、添田さんがテーブルの近くに座り、部屋の角にあるテレビを観《み》ていた。

「添田さん。今日もありがとうございました。明日もお世話になります」

「いいよぉ。若い人がたくさんいると楽しいからねぇ。若返った気分になるよぉ」

添田さんは柔和《にゅうわ》な笑みを浮かべ、顔の皺《しわ》をより一層深くさせる。

何気なくテーブルのそばに腰を下ろすと、なにやら添田さんがオレを見つめ、真面目な表情を浮かべた。緊張感が走る。これまで優しい笑みしか見たことがなかったから余計に。

……まさか、莫大《ばくだい》なお金を請求されるとか？

『タダで家に泊めるわけがないだろ！』と怒鳴られるかもしれない。

内心怯《おび》えていたが、添田さんの話はもっと深いものだった。

「彩奈ちゃんの事情を知っているのかい」

「…………はい」

「そうなんだねぇ。恋人だったのかい？」

「…………」

無言で頷《うなず》く。添田さんは口を閉じ、何もリアクションを見せなかった。

「添田さんはどこまでご存じでしょうか」

「彩奈ちゃんの家庭事情と……記憶のことについてだねぇ。友人関係については、あまり聞いてないのよぉ」

「そうでしたか……」

「彩奈ちゃんがリクくんを忘れていることも、昨日初めて知ったからねぇ」

ムリもないことだ。本人から聞かされなければ、関係を知ることも存在を知ることもできない。星宮の中で、オレはいなかった存在になっていたのだから。昨晩、星宮が眠りについた頃合いを見計らい、添田さんにこれまでの説明をすませていた。

「リクくんは、どうしたいんだい？」

「え」

「彩奈ちゃんにどうなってほしいんだい？」

物腰柔らかな問いかけ。しかし添田さんの糸目が、こちらの思考を探るようにオレの両目を覗《のぞ》き込んでくる。

「リクくんが悪い子じゃないのは、一目見たらわかるよぉ。ただねぇ、何を目的にこの家にいるのか……彩奈ちゃんに何を求めているのか……知りたくてねぇ。ほらぁ、もう二日目が終わるでしょう？」

敵意がないと伝えておきながらも、添田さんは逃げを許さない質問をぶつけてくる。

考えてみれば、当たり前の質問か。

星宮を預かる立場として、近寄ってくる人間を知りたいと思うのは当然……。

きっとこの瞬間まで、オレを観察して人となりを見極めようとしていたのだろう。

「星宮と一緒にいたいです」

どうしたいのか、と尋ねられたらそう答えるしかない。

「でも、オレがいない方が星宮のためになるなら……距離を置いてもいいです」

「本当かい？」

「…………」

「彩奈ちゃんが他の男の子と付き合い始めてもかい？」

ハッとさせられた。言葉が出なくなるほど、胸を締めつけられる。

やはりオレこそが星宮の特別な存在でありたいし、オレの手で星宮を幸せにしたい。

好きな人の幸せを、一番に願いなさい。

生きていれば誰だって一度くらいは耳にする綺麗な言葉。でも、それができる人間はごくわずか。だからこそ綺麗ごとになる。大抵の人間は、自分の感情や欲望を優先する。無自覚に。普通のことだ。星宮を襲ったストーカーにしろ、オレにしろ……自分のことばかり考えている。相手に認めてもらいたい、その一心で。

拒絶されたと感じれば、感情を暴走させて身勝手に振る舞う。

「………」

陽乃を思い出す。星宮に会いに行くと決めたオレを、陽乃は心の底から応援していた。

客観的に見れば、陽乃はフラれて失恋した女の子。けれど、そんなマイナスの雰囲気を微塵《みじん》も漂わせていなかった。明るく、前向きなエネルギーを持って、オレの背中を押してくれた。あの姿こそが、好きな人の幸せを最も大切にした人の姿なんだろう。

「オレに……」

同じことはできない――と思った。

自分が得する結果にならない＝不幸。今のオレは、そうとしか考えられない。

星宮の幸せを願う気持ちは本物だが、星宮と結ばれたい気持ちも強くある。

オレを見てほしいし、受け入れてほしい。

もしオレの存在が、星宮を傷つけるのであれば……割り切れた。

感情を殺し、帰ることができた。

でも星宮はオレを好きなままでいるから、希望が残されているから、オレの星宮を求める気持ちがどんどん膨らんでいく。

グルグルと頭の中を駆け巡る思考に翻弄され黙り込んでいると、添田さんは断言する。

「過酷な道だよぉ。間違いなく君は、一番辛《つら》い道を歩もうとしているねぇ」

「だとしても、引き返したくないです……」

ごじゃごじゃ考えたところで、やることが変わらないのは事実だった。

もう一度星宮と恋人になり、何があろうと逃げない。

星宮の記憶が戻ろうと、戻るまいと……。

そう自分に言い聞かせる。

「ごめんねぇ辛いこと聞いちゃって」

「いえ……」

「応援、してるからねぇ」

最後に優しく微笑《ほほえ》んだ添田さんは、ゆっくり立ち上がり台所の方に向かった。

「…………」

居間に一人残され、なんとも言えない余韻を感じる。

自分の行動が半端《はんぱ》になりつつあるのを自覚していた。

星宮の幸せを第一にと言いながら、オレはオレの想《おも》いを優先させ始めている。

というより、想いが膨れ上がり抑えることが困難になってきた。

星宮を求める気持ちが強くなる一方だ。

忘れられている……オレだけが星宮との日常を覚えている。

その事実が、拍車をかけるのだ。

◇◇◇

「………」

喉が渇き、深夜に目を覚ました。暗闇に包まれた部屋を見回し、照明の紐《ひも》を手探りで探し当てる。下に引っ張ると、カチッと音を立て明かりがついた。

妙に寝つきが悪いのもある。星宮のことを考え、頭に疲労感が溜《た》まっていた。

「なんか、飲むか……」

一階に下りて台所に向かう。先客がいて驚かされた。

「あ、黒峰くんも目が覚めたの？」

「ああ……」

冷蔵庫の前に立つ星宮も飲み物を取りに来たのだろうか。オレの視線に気づいた星宮は冷蔵庫から『天然水』と表記された2Lのペットボトルを取り出し、軽く首を傾《かし》げながら見せてくる。その些細《ささい》な仕草ですらドキッとした。

「黒峰くんも飲む？」

「うん」

ガラスのコップを二個用意した星宮は、慎重にペットボトルを傾けて水を注ぐ。注ぎ終わったコップをオレに「はい」と軽い笑み混じりで手渡してきた。お互いの指が当たらないように配慮して受け取る。

するとと星宮は居間にチラリと視線を向け……。

「ねえ黒峰くん。少しだけ話をしない？」

◇　◇　◇

居間に移動したオレたちはテーブルのそばに腰を下ろし、無言で向き合う。

虫の合唱が聞こえる深夜、今このとき、星宮と二人きりでいることを意識していた。

「話ってなに？」

「……あたしのこと、どう思ってる？」

単刀直入に尋ねられた。真っすぐ見つめてくる星宮から視線を逸《そ》らしてしまう。

「それは……」

「気になって仕方ないの。黒峰くんの行動、クラスメイトを心配しているだけとは思えない。ここまでしないよ、普通」

「普通は……そうだな」

全てを打ち明けたい衝動に駆られる。

オレたちは付き合っているんだ、そう叫びたい。

星宮はテーブルに置いたコップを見つめ、オレが喋《しゃべ》り出すのを待っている。

それなりの覚悟を決めての質問に感じた。

これだけ直球に尋ねてくる以上、星宮も色々考え、悩んでいるに違いない。

記憶は消え、好意は残っていることが、さらに複雑な心理状況を生み出していそうだ。

「黒峰くん……？」

「星宮は……オレのことをどう思っているんだ」

「クラスメイト……」

「それだけ？」

「……ッ」

質問に答えることなく星宮は顔を真っ赤にさせた。

こちらから視線を逸らして黙り込み、またしてもコップを見つめる。

明らかに通常ではない仕草に、ある予感が脳に浮かんだ。

この反応……すでに自覚した？

自分の中にある恋愛感情を自覚したのかもしれない。

だとしたら想像以上に早い展開。もっと長期戦を予想していたので嬉《うれ》しい誤算だ。

それなら……もう告白していいのでは？

一日でも早く星宮と特別な関係になりたい。……いや、恋人に戻りたい。

告白するべきかどうか迷う。

気づけばオレは星宮の顔をジッと見つめていた。

「あ――――ッ」

オレの視線に気づいた星宮は、か細い声を漏らす。

お互いの存在だけに意識を集中させ、風情《ふぜい》ある虫の鳴き声が遠のく。

……好きだと言おう。付き合ってくださいと言おう。もう我慢できない。

だってオレたちは両想いで、本当は付き合っているのだから。

「ほし――――」

「変なこと言ってごめんね、黒峰くん」

「え」

先に言葉を発したのは星宮の方だった。出鼻をくじかれ、続きの言葉を紡《つむ》げなくなる。

「一人になって気持ちの整理をするね。なんだか色んな感情が渦巻いていて……自分のことがよくわからなくなってるの」

星宮は水を飲み干すとコップを手に持ち、立ち上がる。

オレの発言を待たずに背中を向け、居間から出て行こうとした。

遠ざかり始める星宮………焦《あせ》りが生まれる。

告白するタイミングを数秒の迷いで逸し、何とかしなくてはという焦燥感に駆られた。

「待ってくれ星宮！」

「えっ――――」

咄嗟《とっさ》に立ち上がり、その背中に駆け寄る――――が、足を絡《から》め、ダイブするように前に倒れる。ちょうど星宮もこちらに振り返り、オレは体重をかけて星宮を押し倒してしまった。床に華奢《きゃしゃ》な背中が叩《たた》きつけられ、鈍い衝撃音が一瞬響く。

「い、いた……！」

痛みに顔を歪《ゆが》める星宮を見下ろし、オレは最悪な体勢になっていることに気づく。

偶然だが、まるで身動きを封じるように、オレは星宮の両肩を床に押し付けていた。

「いたた………ぁっ……！」

視界に広がる星宮の顔――その目に、オレの深刻な顔が映りこむ。

呆気《あっけ》にとられた星宮は身じろぎせず、口を開かず、ただオレの目を見つめていた。

静かな時間、見つめ合う。

さきほどまでオレを支配していた焦燥感は消失し、また別の感情が満ちていく。

あれだけ求めていた好きな人が、こんなにも近くに――。

無意識の行動だった。右手を動かし、星宮の頬に触れる。

「――ッ」

触れた瞬間、星宮の顔がピクッと震えた。軽く揉《も》むように右手を動かすと、柔らかく温かい感触を堪能《たんのう》できる。今度は手の平で撫《な》でてみる。さすさすさす……と。

夢中になって星宮の頬を触り続ける。

「………」

もっと触れたい。もっと星宮を感じたい。星宮にオレを感じてほしい。

頭のどこかでタガが外れているのを自覚していたが、欲求に逆らえず無視をしていた。

「――あ、ふ……や……んんっ……！」

ようやく断続的に漏れていた吐息に気づく。

意識が右手から視界に戻り、星宮の状態にも気づかされた。

「黒峰くん……ッ！」

その姿は怯《おび》える小動物そのもの。ギュッと目を固く閉じている星宮は、祈りを捧《ささ》げるように両手を胸の前で握り、震えるほど体を強張《こわば》らせていた。

「あ——ご、ごめん！」

飛び跳ねる勢いで星宮から離れ、土下座に近い体勢で頭を下げる。

オレはなんてことをしてしまったんだ……！

男に押し倒され、顔を触られたら怖くて当たり前じゃないか。

仮に想いを寄せている相手だったとしても、まだ付き合う前の関係であれば戸惑う。

とくに星宮の性格であれば——。

「ごめん！　本当にごめん！　星宮を傷つけるつもりはなくて……！」

「…………」

自分の右頬を撫でる星宮は、こちらに顔を向けることなく立ち上がる。無言だ。顔に影が差しているように見え、表情の確認はできない。しかし暗い雰囲気だけは感じ取れる。

「星宮——」

「ッ」

オレの呼びかけに対して星宮は即座に身を翻《ひるがえ》し、文字通り逃げるようにして小走りで居間から去っていった。

遠ざかる足音が、そのまま星宮とオレの心理的な距離感に思わされる。呆然《ぼうぜん》とするしかない。次に湧き上がってくる感情は自分に対する怒りだった。

「バカ野郎が……なにやってんだよ、オレ……！」

せっかく星宮が自分の感情に向き合い、答えを出そうと頑張ってくれていたのに……。

全てをこのオレが台無しにし、あまつさえ優しい心に傷を負わせたのだ。

◇◇◇

顔を上げると、カーテンの隙間から朝日が差し込んでいることに気づく。

もう朝だ。一睡もしていない。昨晩、星宮の頬をさすすし、逃げられてからというもの、オレは布団《ふとん》の上で体育座りしたまま夜を明かしていた。

「最低だオレは……。星宮を傷つけてしまった……」

「おはよーリク。てか起きてる？」

乱暴に、ドンドンとドアを叩かれる。返事をする気が起きない。膝の間に顔を突っ込み黙り続ける。しばらくして勢いよくドアを開け放つ音が聞こえた。無許可で侵入してきたらしい。

「リク……え。なにそれ」

「…………」

「おいリク！　怖いってば！」

足音が近づいてきたかと思えば、激しく肩を揺すられた。それだけ今のオレから発されているオーラは暗いということか。重い気分で顔を上げると、心配そうな顔をしたカナが目の前で屈《かが》んでおり、オレの顔を覗《のぞ》きこんでいた。

「何があったの？　怖い夢でも見たとか？」

「……オレ、夢で落ち込むほど子供じゃないぞ」

「アンタの場合ありえそうじゃん。本当にどうしたの？　彩奈と添田さんは朝ご飯食べ始めてるんだけど」

「……星宮、大丈夫か？」

「とくに変わった様子はなかったけど…………アンタ、なにかしたの？」

「…………」

「なにした」

その真剣な瞳に目を合わせることができず、視線を逸らして事情を打ち明ける。

「深夜……偶然星宮と会ったんだ」

「それで？」

「話があると星宮から言われて……居間に行ったんだけど」

「うん」

「……オレが星宮を押し倒してしまって……怯える星宮に無理やり……！」

「押し倒して、怯える彩奈に無理やり……え、アンタまさか――」

確信に至りそうなカナに、オレは申し訳なく頷《うなず》く。

次の瞬間、乱暴に胸倉をつかまれ持ち上げられた。

すぐ目の前にあるカナの顔は獣のごとく牙を剝《む》き、怒りに満ちている。

「ふっざけんなリク‼　お前……！　感情のままに動く奴《やつ》だとは思っていたけど、好きな人を大切に思える優しい男だと思っていたのに‼　このクズが‼」

「………」

「彩奈を……彩奈を傷つけるなんて！　アンタは彩奈の気持ちを踏みにじったんだよ！」

「ああ、その通り……オレはクズだ……」

感情が目からあふれ、ツーッと温かいものが頰を伝う。

「泣くな！　お前に泣く資格はない！　本当に泣きたいのは彩奈の方じゃん！」

「そうだ、その通りだ……。オレは最低なことをしてしまった」

「ほんと最低だ！　最低なんて言葉じゃ生温《なまぬる》いくらいに……！」

「……オレは最低以下のクズだ。なんせ怯える星宮の頬を……さすさすしたんだから」

「ほんとクズ！　怯える彩奈の頬をさすさす………さすさす？」

「そう、さすさすだ。オレは……星宮の頬を触ってしまった」

「……は？　え、ちょ……は？」

「まだ手も繋《つな》いでいない関係なのに……オレは、頬を……ほっぺを触ったんだ……！」

「……ごめんちょっと待って。一旦整理させて。もうちょい詳しく聞きたい」

胸倉から手が離される。怒気を霧散させ、冷静さを取り戻した様子でカナはオレを見下ろしていた。まさに懺悔《ざんげ》するように、オレは事情を一から順に説明する。

そして話はオレが星宮を押し倒して頬をさすさすし、怯えた星宮は両手を胸の前で組んでいたときにまで進む。

大人しく聞いていたカナは、考える仕草を見せながら口を開いた。

「あーいや……それは怯えもあるだろうけど、覚悟を決め、受け入れたんじゃないの？」

「受け入れる？　なにをだよ」

「そ、それは……あれをあーしてあんする……的な行為というか……」

「は？　なにを言っているんだ？」

「い、いいから！　この話はどうでもいい！」

なぜか頬を赤らめたカナが、唾を飛ばす勢いで誤魔化してくる。……なに？

「ま、確かに褒められた行動ではない」

「……だろ？　オレは最低だ……」

「でも、そこまで自己嫌悪《じこけんお》するほどでもないんじゃない……？」

「押し倒して、頬をさすさすしたのに？」

「押し倒したのは事故でしょ？」

「そうだけど……さすさすはわざというか、無意識にやっちゃって……」

「アンタたちだから深刻な雰囲気になっているだけで、普通はそこまでだと思う。逆に恋愛的な意味で進展しそうなもんだけど。ぶっちゃけ、積極的な男なら頬くらい普通に触ろうとするし」

「ならカナは男から頬を触られたことがあるのか？」

「ない！」

「ないのかよ」

「気安く触れてくる男は嫌いだ……！」

「やっぱそうなんじゃん」

堂々たる態度で言い放つカナに、オレは若干呆《あき》れる。そりゃそうだ。

「でも好きな人からなら……うーん……？」

「初恋もまだのカナには想像できないだろうな」

「これで三回目。次言ったら内臓を引きずり出すぞ」

「脅し方が世紀末すぎる……！」

ついさきほどのカナのぶち切れ方を考えるに、本当にやられそうで怖い。

恐怖でカタカタと体を震わせていると、カナは咳払《せきばら》いをして話を戻す。

「ま、そのときの雰囲気とかにもよるんじゃない？　今朝の彩奈の様子を見た感じだと、まだ仲直りできると思う。とにかく本気で謝りな」

「……謝ってすむ問題か？」

「さあ？」

「ええ……」

それだけ言っておいて、わからないのかよ……。

「リクが悪いのは事実。でもまだ修復できる余地はあるかもしれない。悪いと思うなら謝り倒すしかないじゃん」

全くもってその通りだ。許してもらうとか考える前に、まずは謝ろう。

そう決心したオレは、隙を見ては星宮に話しかけようと試みる。

しかし——謝る暇がなかった。

星宮は露骨にオレを避け、ちょこちょこ家の中で逃げ回るのだ。

それこそ天敵に怯《おび》える小動物のように……。

◇◇◇

「はぁ……リクのやつぅ……」

アタシはため息をつき、自室の窓から夕陽《ゆうひ》に染まる田んぼを眺めていた。

まさかこんな形で躓《つまず》くなんてね。朝からリクは彩奈に謝ろうと奮闘していた。口を震わせ、頭を下げ……。けれど彩奈はピューンと逃げ、柱の後ろに隠れたり、外に出て家の裏に潜んだりしていた。リスかい……。

最終的に泣きそうな顔になったリクが、部屋にこもることで騒動は幕を閉じた。

「問題は彩奈の気持ち……だよねぇ」

多分怒ってないし怖がってもいない……と思いたい。

よくないことではあるけれど、両想《おも》いなら何とか解決できる問題だと信じている。

それに事情を考えると、リクの冷静さを欠いた言動も理解はできた。

「協力者として、頑張りますか……」

厄介な男の協力者になったな～と思いながら彩奈の部屋に向かう。

ノックしてしばらく待つと、警戒したようにゆっくりドアが開かれた。その開かれた方も臆病全開。顔だけ見える隙間しかなかった。

来訪者がアタシであることを知り、彩奈は安心した表情を浮かべる。

「あ、カナ。どうしたの？」

「単刀直入に言うけど、あのバカリクと気まずそうにしてるじゃん」

「えと、その……」

「何があったのか教えてくんない？」

「それは……！」

「よっしゃ。アタシがリクをボコボコにしてくる。それでいい？」

「ダメだよ！　絶対にダメ！」

パンと拳を鳴らすと、目を見開いた彩奈が焦《あせ》りながら止めてきた。

この反応からして、少なくとも恨んではいないみたい。

「事情、聞いていい？」

アタシは知らないふりをして、彩奈に話をさせるように試みる。人が通れる分だけドアが開かれ、「入って……」と部屋の中に招かれた。広さはアタシに用意された部屋と同じくらい。生活感にあふれていて、家具一式揃《そろ》っていた。

一つ気になったのは寝具。ベッドがあるのに、引き戸が半分開かれた押入れから布団《ふとん》が見えていた。客用なんて必要ないはずなのに……。

アタシの視線に気づいた彩奈は照れくさそうに「普段その布団で寝てるの。なぜかベッドよりも気持ちよく眠れて……」と説明してくれた。その布団に何かしらの思い入れでもあるのかもね。

それから彩奈は深夜にリクと何があったのかを語る。内容はリクから聞いた話と同じ。

語り終えた彩奈は恥ずかしそうにうつむき、小さな声で「どんな顔して黒峰くんと向き合えばいいかわからない……」と呟《つぶや》いた。

「リクのこと、嫌いになった？」

「なってないよ。ビックリしただけで……不快感はなかったかも」

「そ」

不快感がないなら解決できる。ホッと安心した。

しかし次の彩奈の言葉にドキッとさせられた。

「黒峰くん、あたしのこと好き……なのかなぁ？」

「え」

「時間をかけて何度も考えてみたの。わざわざ会いにきてくれて、あたしが心配だからって家に泊まってくれて……頬を触ってきて……」

自分で口にしながら照れたらしく、なぜか彩奈は正座してかしこまった。

アタシからすれば、どう見てもリクは彩奈に惚《ほ》れている。

事情を知らなかったとしても、すぐにわかる自信がある。

それはアタシだけじゃなく、その辺の人でもリクの行動を見たらわかるに違いない。

彩奈もわかっているけれど、『もし違ったら……』という一種の恐怖心を抱き、自信を持てないように見えた。彩奈の性格が表れた考え方だ。

「もしリクが彩奈のこと好きだったら、どう思う？」

「嬉《うれ》しい……かも」

赤面している彩奈は、言葉を切らさずに続ける。

「あたし、黒峰くんのこと全く知らないのに変だね。最近、時間があれば黒峰くんのことばかり考えてる」

「ふぅん」

「一目惚《ひとめぼ》れ……なのかなぁ？」

「……どう、だろうね」

一目惚れじゃない。知っているのに言えないもどかしさ。

「ごめんカナ。バイトの準備するから……」

申し訳なさそうにする彩奈から遠回しに出ていってほしいと言われる。

聞きたい話は聞けたので大人しく部屋から出ていくことにした。

ドアを閉めたアタシは今の彩奈の状態について考え、ボソッと呟く。

「記憶はないのに好意が残ると、自分の内面に悩むことになるんだ……」

彩奈がバイトに向かった後、アタシは引きこもりに会いに行くことにした。

リクのことだ。

◇　◇　◇

ドア越しに呼びかけても返事がなかったので、遠慮なくドアを開けさせてもらう。

そこでアタシが目にしたのは、座禅を組んで瞑想《めいそう》しているリクの姿だった。

「なにしてんの、アンタ……」

「煩悩退散《ぼんのうたいさん》」

「…………」

単純というかリクらしい……と呆れる。一気に肩から力が抜けた。

「彩奈、バイトに行ったよ」

リクの目がパチッと開かれ、アタシに顔を向けた。

「バイト？　星宮、田舎にきてまでバイトしてるのか？」

「うん。コンビニだって」

「……田舎にもコンビニがあるんだ」

「舐《な》め過ぎでしょその発言。田舎とはいえ、一応電波も届いているんだしさ」

「その言い方も舐めている気が……。ちなみにコンビニはどこにあるんだ？」

「自転車で二十分の距離にあるって」

「結構な距離だな……」

確かに。地元だったら歩いて十分以内の距離にコンビニはあった。

「アタシたちもコンビニに行くよ」

「なんで？」

「決まってるでしょ。リクが謝るため。仕事中だったら彩奈も逃げることはできないっしよ」

「そうだけど……邪魔にならないか？」

「お客さんがいないタイミングを見計らえばいいじゃん」

「でもさ……」

自信なさげにリクはうつむき、両手の指を絡《から》めてもじもじする。

彩奈からとことん避けられ、完全に落ち込んだみたい。

その姿が、飼い主に叱られてしょんぼりする子犬に見えた。

リクの行動が原因で起きた問題なのに、リクの方に共感してしまう。

「ちゃんと謝りな。このままズルズルと行くと変な亀裂を生むかもだし……」

「………」

「彩奈も怒ってないって。ビックリしてどうすればいいかわからないんだってさ」

努めて優しく言ってあげる。それでもリクは顔を上げない。

「オレ……また星宮に変なことするかもしれない」

「それはいつものことでしょうが。彩奈もアンタがそういう人間だってこと理解し始めてるし、大丈夫」

「それ、大丈夫って言うのか？」

「めんどくせ！　いいから行くの！」

アタシはリクの腕を引っ張り、強引に立ち上がらせる。

ほんっと感情のままに生きているっていうか、浮き沈みが激しいやつ……。

これだから犬呼ばわりされるんだっ。

◇◇◇

添田さんから余っていた自転車を借りる。残念なことに自転車は一台だったので、後ろにカナを乗せてオレが漕《こ》いでいた。まさかカナと二人で自転車に乗る日が来るとはな。

星宮を後ろに乗せ、夜の山道を下っていた日を懐《なつ》かしく感じる。

十五分ほどでコンビニに到着した。田舎の方だから寂れている……とかはなく、外観は普通のコンビニだった。特徴といえば駐車場が広いことと田んぼに囲まれていることだ。

車や自転車がないことから、お客さんはいないかもしれない。自転車を止め、オレとカナは自動ドアを通り過ぎ店内に踏み込む。入店を知らせる明るいメロディが流れた。

すると奥の棚の商品整理をしていた女性店員がこちらに振り返り――――地味モードの星宮だ！

「いらっしゃいま―――ッ！」

オレと目が合い、喉を詰まらせた。顔に驚愕《きょうがく》が広がっていく。

そんな星宮を見ながらオレは、懐かしさと可愛《かわい》らしさを同時に感じていた。

その地味な店員姿は昔見たときと全く同じ。純朴というかなんというか……。

見ていて癒《いや》される可愛らしさ。初めて見たときは『地味』としか思わなかったのにな。

今は可愛いとしか思えない。

「え、なんで黒峰くんとカナがいるの⁉」

「そりゃ来たからだよ、アタシたちが」

「来ないでって言ったのに！」

悲鳴混じりに怒鳴る星宮に対し、カナはどこ吹く風。飄々《ひょうひょう》としていた。

「いいじゃんいいじゃん、客として来たんだし」

「もう、黒峰くんまで一緒だなんて……！」

「なあカナ。星宮怒ってるんだけど。オレが来たの、失敗じゃないか？」

星宮に聞こえないように小声でカナに話しかける。

「大丈夫大丈夫。本気で怒ってないよ、あれ」

「本当かよ……」

「照れでしょ」

星宮の親友であるカナが言うならそうなんだろう。ひとまず信じることにする。

オレとカナは店内の通路を進み、星宮のもとへ。

「ぁ」

「星宮、昨晩のことだけど──」

「……いらっしゃいませ……」

「は、はい……」

こりゃあダメだ。星宮は気まずそうに床を見つめ、オレと目を合わせてくれない。頬さすさす事件の謝罪すらさせてくれなかった。どうにかしたい思いから、咄嗟《とっさ》に口を開く。

「おススメとか、あります?」

「コンビニでおススメて……」

隣にいるカナが呆《あき》れるが、これがオレの精一杯だ。

真面目な星宮は一生懸命考える様子を見せ、思いついたのかボソッと言う。

「カボチャプリン……」

「カボチャプリン？　そういえば、星宮それ好きだったよな」

「……うん。知ってたの？」

「あ、カナから聞いたんだ。わかった、あとで買うよ」

同棲《どうせい》している頃、何度か星宮はカボチャプリンを買っていた。

それはもう、幸せそうな顔で食べて……。

一つ……いや、一応四つ買っておこう。みんなで食べるのも悪くない。

話ができたことにより、『もう少し距離を縮められるのでは？』と考えたオレは、もう一歩星宮に近づく。しかし星宮はオレが近づいた分だけサササッと後ろに下がった。

「え、星宮……？　どうして……」

「だって黒峰くん……変なこと言ったり、したりするんだもん」

そう言いながら星宮は人差し指で髪の毛をくるくるする。オレは鈍器で殴られたような衝撃を受けた。もはや変態扱いじゃないか‼

昔から『変わってるね、黒峰くん』とか『黒峰くん⁉　どうしていつも変なことするのかなぁ⁉』と色々言われてきたが……。

まさか記憶を失ってからも言われるようになるとはな。

「星宮、オレは酷《ひど》いことをするつもりは本当になくて……」

「わかってる。黒峰くんは優しい男の子だよ……変なところがあるだけで」

「変なところ――――ッ！」

「はーいリク。こっちで商品見よっか」

カナに腕を引っ張られ、入り口近くの棚にまで連れていかれる。緊急避難だ。

「オレ、すでに変態扱いされてた……」

「別に嫌われているわけじゃないし、いいじゃん」

「そうだな……嫌われていないことが唯一の救いだな」

「彩奈は恥ずかしがっているだけ。他の男には、あんな照れた態度は取らないから」

「あれ、照れてるのか……」

……オレが過剰に気にするようになっただけか？　だとしても謝罪はしっかりしたい。

「て、リク。腕、怪我《けが》してんじゃん」

カナに言われ、右腕に軽い擦り傷があることを知る。

怪我に気づいたら急に痛くなってきたぞ。ヒリヒリとする痛みで妙に気になる。

どこで怪我を負ったのだろうか。全く覚えがない。

「どんくさいなぁ。絆創膏《ばんそうこう》、どこ」

まるで世話焼きお母さんみたいになったカナは、近くの棚からそれっぽい小箱を手に取った。雰囲気に流されオレもカナの隣に行く。

「ん、カナ？」

　どうしたんだろう、手に取った小箱を見つめ微動だにしない。なんなら手がプルプルと震えている。絆創膏の箱を見て何に驚いているんだ。

　不思議に思い、カナが持つ小箱に視線を落とす。それは絆創膏ではなかった。

「うすい……0・01……？　ああ、コンドームか」

「ちょっ、リク⁉　なにアンタ普通に……！」

　赤面したカナは激しくパニックになり、両目に薄《うっす》ら涙を浮かべる。……え？

「カナも星宮と同じでうぶだったのか。意外だな」

「うぶってアンタ……はぁ⁉」

「声が大きいぞ。他のお客さんに迷惑だ」

「アタシたち以外にいないでしょうが！」

「ごめんねー。閑古鳥が鳴くお店で……」

　棚の向こう側から悲しみに満ちた声が聞こえた。カナは「ごめん！」と潔《いさぎよ》く声を上げて謝罪し、未《いま》だ手に持っていたコンドームの箱を元の位置に戻す。

「よく間違えたな、それを」

「……箱の感じ、似てるじゃん？」

「………」

「似てないこともないが……」

「つーか、こんなの普段見ないし。てか、こんなじっくり見たの初めてだし」

「そうか」

オレたちは気持ち声を抑えて話をする。星宮には聞こえていないだろう。

「めっちゃ平然としてんじゃんリク。そういうところは以前のまま？」

「そう見えるのならそうだと思う。自分ではわからないな………お、絆創膏あったぞ」

コンドームのすぐそばに並んでいた絆創膏を手に取る。

「もう……経験したの？」

「なにを？」

恥じらいの空気を醸《かも》すカナは、オレが持つ絆創膏を見つめながら言う。

「あ、あまりにも普通にしてるじゃん？　慣れてるのかなって……」

「なにに？」

「だ、だーかーらー……話の流れでわかるでしょうがっ！」

「わからないってば。いきなりなんだよ」

「くっ……あ、あれ……」

うつむいたまま、カナは震える指でコンドームが置いてある位置をさす。

「あー……そういうことか。ないぞ」

「でも、春風《はるかぜ》と……付き合ってたんでしょ？」

「そうだけど……」

「そうだけど？」

「そういうことは高校卒業してからにしようって言って、断った」

「断ったって……春風から誘われたの？」

「まあ、うん……」

さすがに恥ずかしく感じて頬を掻《か》く。意外に思ったのか、カナは目を丸くしていた。

「アンタ、動物みたいに感情むきだしで生きているくせに、意外と堅いじゃん」

「どうだろうな……。なんか申し訳ない気がしたんだ」

「春風に？」

「うん……」

どう申し訳ないのか、自分ではうまく言えない。

ただ、超えてはいけないラインだと直感が告げていた。自分でも意味不明だけど……。

「ごめんカナ。トイレに行く」

「おっけー」

尿意に襲われたので、絆創膏を棚に戻し、すぐ近くにあったトイレに駆け込む。

用を足したオレは個室という一人きりの空間で落ち着きたくなり、便座に座った。郷愁に似た気持ちが込み上げ、落ち着きたくなったのだ。

「はー……。陽乃、どうしてるかな」

別れてから一度も連絡を取っていない。陽乃の方から何か言ってくるかと予想していたが、一切連絡は来なかった。……いや、これでいい。

陽乃の存在を感じると、また甘えてしまう気がする。

オレの全てを受け入れてくれる優しい幼馴染《おさななじみ》……。

「今は、星宮のことだ」

ちゃんと向き合って謝罪し、気まずい雰囲気を解消しよう。

あとは自制を心掛け、星宮のペースに合わせて関係を進展させる……。

そう考えても、ふと思ってしまう。

「両想《おも》いなのに、どうしてこんなに悩む羽目になるんだろう」

オレたちの普通ではない関係、そして星宮の記憶喪失……。

色んな要因が絡《から》み合い、今がある。

連絡先についてもそう。

このコンビニに向かう途中、カナから聞いたのだ。

星宮はオレの連絡先を消している、と。

…………。

やる気を蝕《むしば》む暗い何かが心に忍び寄る。

「弱気になるな、オレ」

独り言で自分を鼓舞する。気づけば十分もトイレにいた。間違いなくカナと星宮を待たせている。またカナに怒られそうだな。

オレは急いでトイレから出ると手を洗い、店内に戻る。

「ざけんなごらぁあああああ‼」

突如、男の怒りに震えた叫び声が店内に響き渡った。

嫌な予感がしたオレは姿勢を低くし、慎重な足運びでレジに向かう。

レジ前の通路から騒ぎが聞こえたので、棚の陰に身を潜ませ、コソッと顔を出して様子を窺《うかが》った。そこで目にしたのは――――。

「彩奈を放せクソ野郎‼」

「うるせぇ‼　てめぇが……てめぇが余計なことをするから悪いんだ‼」

カナと言い合う一人の男。その男は黒いニット帽を被《かぶ》り、上下黒い服で固めている。

いや服装なんてどうでもいい。

右手にナイフを握る彼は――――星宮を人質にしていた。

「…………ぁ」

後ろから拘束されている星宮の首には、鈍い光を放つナイフが添えられている。

そのままナイフを横に引かれたら鮮血が噴き出すだろう。

最もあってはならない嫌な想像が膨らみ、全身に寒気が走るのを感じた。

指先が冷え、頭の奥が凍り付いていく。

星宮は……星宮だけはダメだ。

「どうしても人質がほしいなら……アタシが代わりになるから！」

「黙れクソ女‼」

コンビニ強盗とカナの言い合う中、星宮の顔は凍りつき何も言えないでいた。指先一つでも動かせば殺される……そんな恐怖を感じているに違いない。

事実、コンビニ強盗は感情的な言動が目立っている。追い込めば何をするかわかったもんじゃない。あのヤケクソな雰囲気、かつてのオレを彷彿《ほうふつ》させる。陽乃に振られたときのオレと……。他人か自分か、感情の矛先が違うだけで本質は同じかもしれない。

「彩奈、なんにも悪いことしてないじゃん！」

「知るかぁあああ‼」

激情に駆られたのか、コンビニ強盗のナイフを持つ手に力がこもる。

僅かにだが、グッと刃《やいば》が星宮の首に食い込んだ。

――――ッ！

「やめてくれ！」

思わず棚の陰から飛び出し、懇願する。こちらに気づいたコンビニ強盗は目を丸くさせたが、すぐに顔を怒りで歪《ゆが》めた。

「あ⁉　なんだてめぇ‼」

「お願いだから……星宮だけは……！」

「てめぇどこにいたぁああ！」

「……トイレ」

「トイレ……トイレだと⁉　どうして、どうしてだよぉおおお！」

「なにが――――」

さらなる唐突な激怒に、面食《めんく》らう。オレのことを気にせずコンビニ強盗は語り始めた。

「三日前から客が来ない時間帯を調べてたのに……！　俺が来た日に限って客が来るんだよぉおおお‼　いつも、いつも俺だけ運が悪い‼」

「ガキみてぇな文句言ってんじゃねぇ！　彩奈を早く放せこのクソ野郎‼」

「うるせぇ！　てめぇみたいなリア充女に何がわかる⁉　俺の……俺の苦労を‼」

「知るかそんなもん！　彩奈とはなにも関係ないじゃん‼」

「うるせぇえええええ‼」

「いい？　そのナイフを少しでも動かしてみな……。アンタが刑務所に入っても必ず追いかけて、殺してやる」

怯《おび》えを見せないカナの本気の言葉に、さすがのコンビニ強盗も表情を強張《こわば》らせる。喉を鳴らし、星宮を盾にするようにできる限り身を隠した。

「てめ、こいつがどうなってもいいのか⁉　や、やるぞ……？　俺がその気になったら……やるぞ？」

「……っ」

首にナイフを押し当てられた星宮を見て、カナは悔しそうに歯を食いしばる。

怒りを隠さないカナとは違い、オレは恐怖で動けずにいた。

ただただ怖い……。星宮を失う恐怖。怒るどころではない。

「頼む。星宮を傷つけないでほしい」

懸命な思いで頭を下げるが、怒り狂っているコンビニ強盗には伝わらない。

「つ、付き合ってんのか、クソ……クソが……！　どいつもこいつもイチャイチャしやがって！」

「……付き合ってない……」

「ああ⁉」

「でも、一番幸せになってほしい人なんです」

「黒峰くん――」

微《かす》かにオレの名前が聞こえたが、それに反応をする余裕はない。

もう一度頭を下げ、コンビニ強盗に訴えかける。

「だから……星宮を放してください。お願いします……」

次から次へと舞い込む不幸。これ以上、星宮に苦しんでほしくない。

記憶を消さなければ生きていけないほど苦しみ、記憶を消しても不幸に襲われる……。

あまりにもあんまりじゃないか。

「………」

頭を下げているオレは異様な静けさに違和感を覚える。

なぜかコンビニ強盗は何も言わずに黙っていた。

オレの気持ちが伝わったのだろうか。そんな希望を抱く。

するとコンビニ強盗は、やけに落ち着いて――――。

「土下座しろ」

「……え」

「土下座をしろ」

「どうして……」

「てめぇみたいな甘ったれたガキは苦労も何も知らねえだろ。俺の人生は理不尽だらけだ。毎日毎日会社のクソどもに怒られ……俺の価値も知らずにバカにしやがるクソどもに囲まれ……！　ガキの頃もそうだ！　バカしかいねえから俺が浮いてよぉ……」

何の話をしているんだ、この人は……？

「いいから土下座しろや！」

「オレの土下座程度で気がすむなら……」

星宮が助かるなら何でもいい。その思いから両膝を落とし、両手をつく。

しかし――――。

「馬鹿じゃねえの!?　そんなので店員を放すわけねえだろうが！　これだから苦労を知らないクソガキは‼」

「――――」

この人は、一体どうしたいんだ。星宮のストーカーに似たものを感じる。

「わかった！　お金を持っていけばいいじゃん！　アタシは何もしないから……だから彩奈を放して！」

「黙れぇぇぇぇ‼　これだからリア充女はよ！　全部……全部自分が思った通りになると思ってやがる！」

「だったらどうしろって言うの⁉」

「…………服を脱げ」

「は？」

水面《みなも》に波紋が広がるように、コンビニ強盗の言葉は店内に響いた。

「服を脱げ」

「なっ……！」

「俺が……俺が味わってきた苦労や挫折、てめぇらも味わえ‼　このリア充どもが‼」

理不尽というか、もはや八つ当たり。

オレは土下座しながらカナと言い合うコンビニ強盗について考えていた。

ヤケクソ……とはまた少し違う。星宮を襲ったストーカーよりも理性は残されている。

やはり八つ当たりという表現が近いか。もしくは逆恨み……？

この状況とは関係なく、今のオレが精神的に追い込まれているからこそ察することができる。彼もまた、精神的に限界が来たのだと。

決して許されることではない。星宮を傷つけているその行為、断じて許せない。

恐怖の裏に隠された怒りという感情が……ふつふつと殺意に変化していく。

だが、もう一人の冷静な自分が気づいてしまう。

——あのコンビニ強盗は、本質的に怯えているのでは？　と。

あの震えた怒声も、自分よりも弱い存在を盾にする行動も……虚勢ではないだろうか。

彼は周囲の全てを敵だと思い込んでいる。

自分を理解し、受け入れてくれる味方はいないと——。

オレも同じだった。

陽乃に振られ、自暴自棄になっていた自分。

しかし微かに理性は残されていたのだろう。

本気で自殺をするつもりがあったのなら、わざわざ山へ行かず家で行動に移していた。

それでも振り切った感情のままに動き、結果、オレは星宮に心を救われた……。

あのコンビニ強盗には、救ってくれる存在がいなかった。

少なくとも彼はそう思い込んでいるし、目に映る全ての人間が敵に見えている。

なら、どうすればいい？

オレにできることは――。

敵意がないことをどう証明すれば――。

思考は駆け巡り、全ての記憶を掘り起こして最適解を求める。

ただ、星宮を助けるという目的のために。

そして導き出された一つの答え。

…………そうか。

オレが――――服を脱げばいい。

「ア……アタシが服を脱げば、本当に彩奈を解放するんだろうな……？」

「うるせぇ！　早く脱げや――――ん？」

チラチラとコンビニ強盗がオレを見始める。

ちょうどシャツを脱ぎ捨て、ズボンを脱ぎ始めているタイミングだ。

「な、なんでてめぇが脱ぎ始めてるんだよぉおおおお‼」

「安心してくれ、オレに敵意はない」

「敵意ねえ方が怖いだろうが‼」

「え……リク？　アンタ、何してんの⁉」

周囲の反応なんてお構いなしだ。

ズボンとパンツを脱ぎ捨て――――オレは全裸になった。

「正気か‼」

「正気だ」

「じゃっねえだろ‼」

「く、黒峰くん……！　わあああ！」

「ちょ、こらバカリク！　アンタ……！」

阿鼻叫喚《あびきょうかん》。地獄絵図。オレ以外の人間が赤面し戸惑い叫ぶ。

もはや正気を保っているのはオレだけだった。

張りつめていた緊張感は粉々に打ち砕かれ、今や主導権を握るのはオレだ。

この状況をたとえるなら、敗北寸前だった将棋盤をひっくり返し、直接相手に殴りかかる行為だろうか。

オレは一歩踏み出し、コンビニ強盗に歩み寄る。

「く、来るんじゃねぇえええ‼　この変態がぁああああ‼」

「これ、どっちが犯罪者なのー！」

「いやどっちも豚箱行きでしょ……」

なぜか三対一という対立になっていた。それでいい……。

星宮を救うには、コンビニ強盗の恐怖心を取り除く必要がある。

なら恐怖心を取り除くには？

こちらに敵意がないことを証明するしかない。

オレが今している行動は頭がおかしいかもしれない。

だが常識的な行動で星宮の命を救えるのか？　そうじゃないだろ。

星宮を助けるためならオレはなんでもしてやる。

常識を投げ捨て、狂人にすらなってみせよう――――！

覚悟を決め、足を進めていたオレはコンビニ強盗の変化を視認する。

「どうした、手が震えている……怖いのか？　大丈夫、ごらんの通りオレは何も持っていない」

「何も持ってねえし何も着てねえよ‼　ド変態だよてめぇは‼」

「一応靴下は穿《は》いてるぞ」

「なおさら変態だ‼」

絶叫するコンビニ強盗。心理的に立場は逆転していた。

もしコンビニ強盗が本当の意味でキレていたら、オレが裸になっても大して動揺はしなかったはずだ。

虚勢……わずかに理性が残されたうえでの暴挙だったからこそ、想定外の行動をしてくる人間に驚いている。最初に出会ったコンビニ強盗もそうだった。

本当にキレている奴《やつ》は、星宮のストーカーみたいに問答無用で人を襲う。決して先に脅しはしない。

「まずは星宮を放して……ナイフを置いてくれ」

慎重に、ゆっくり近寄る。

そしてコンビニ強盗は――――。

「う、うわぁあああ‼　変態だぁあああ‼　助けてくれぇえええええ‼」

ナイフを投げ捨て、バタバタと足を絡《から》ませながら店外に逃げていった――――。

自動ドアが閉まり、軽快なメロディが店内に響く。

何とも言えない騒動の幕引きに、カナはポツリと呟《つぶや》いた。

「なんじゃそれ……ッ」

◇◇◇

コンビニ強盗が逃走した後、警察を呼んで事件について話すことになった。

一度経験した身としては若干慣れた対応ができたと思う。一度目は堂々とコンビニ強盗に立ち向かったことに対して大人たちから怒られたが、今回は全裸になったことで怒られてしまった。危険極まりない行為には変わらないとのこと。

しかし警官の一人が吹き出していたので、それだけインパクトがあったということなのだろう。また、警察から「公然わいせつ罪だが……非常事態ということで今回は見逃す」とのことで、おとがめなしにしてもらえた。

もちろん保護者を呼ぶことになり、添田さんが来てくれた。カナの方も電話で家族に説明し、警察からも説明してもらっていた。

オレも祖父母の方に連絡してもらい……詳しい話はまた後日ということで解放された。

「…………」

縁側に出たオレは用意されてあるサンダルに足を通し、庭に出て夜空を見上げる。明暗の差はあるが、無数の星がきらめいていた。素直に綺麗《きれい》だと思う。

雲に隠されることなく、どこまでも満天の星が広がっていた。

深夜特有の孤独を感じ、ふっと好きな人を思い浮かべる。

「星宮、大丈夫かな……」

家に帰ってきてからというもの、ずっと泣いていた。

オレの全裸を見てしまったことが原因ではない。

事件が解決し、安心できる場所に帰ってきて、改めて恐怖を思い出したのだろう。

添田さんとカナに慰められていたが、ついには泣きながら寝てしまった。

そうなって当たり前だ。首にナイフを当てられていたのだから。下手したら………！

心の中でも言葉にしたくない。

「オレが……守らないと」

呪いにでもかかっているのか？　そう疑うほど星宮は不運だ。

もうコンビニのバイトはやめてもらいたい。

偶然事件が続いているだけかもしれないが、日本は治安が悪すぎる。

「黒峰くん」

「え――――」

声をかけられ、振り返る。縁側に星宮が立っていた。影が差しているので表情は確認できない。オレを呼びかけた声は無機質な印象が強かった。

「起きたのか？」

「うん……なんだか怖くなっちゃって」

「怖くて当たり前だ。トラウマ級だろあれは」

「黒峰くんは……怖くなかったの？」

「怖かったよ、本当に怖かった。星宮が危険な目に遭っていたんだから……」

「あたしのことで……？」

「それ以外に何がある？」

「コンビニ強盗を見て怖くならなかったの？　ナイフを持ってたし……あれで襲われたらどうしようって……」

「ああ……。星宮を助けることしか頭になかったな」

言われて自分が置かれていた心理状況に気づかされた。

自分のことは全く気にしていなかったな。

「そっちに行っていい？」

「いいよ」

返事を聞いた星宮は縁側のそばに置かれているサンダルを履き、庭に出てくる。月から降り注ぐ柔らかい光が、明るい茶髪を照らし天使の輪を作り上げていた。整った顔立ちに陰影を生み出し、赤くなった両目を目立たせる。熱に浮かされた発想だが天使に見えた。

オレの隣にまで歩いてきた星宮は、どこか気まずそうに視線を彷徨《さまよ》わせる。

……こっちから話を切り出した方が良さそうだな。

「星宮も庭に出て、気分転換をしたかったのか？」

「…………うん」

悩むような間を置いて星宮は肯定する。

「強盗、怖かったよな」

「うん……」

「…………」

「…………」

話し下手なオレを許してくれ。

星宮のことが心配な気持ちはあるが、どう励ませばいいのかわからない。

そのとき、ふっと強い風が通り抜けた。

心身ともに疲労したせいもあるのか――――頼りなさげな立ち方をしていた星宮は、その風で体勢を崩してしまう。

「あっ――――」

風に押され、オレに向かって倒れてきた。

咄嗟《とっさ》に胸で受け止め、星宮の両肩を摑《つか》んで支える。

「大丈夫か？」

「…………っ」

オレの胸に顔を隠し、星宮は小さく頷《うなず》いた。

「無理はしないほうがいい。もう寝よう」

そう言って星宮を離そうとするが、微《かす》かに声が聞こえた。

それも風にかき消されそうなほど小さな声。

「このままが……いい」

縋《すが》りつくような声を聞かされ、何も言えなくなった。抱きしめるような形を維持する。

「あたしが庭に来た理由……気分転換じゃないの」

「じゃあ、何のため？」

「黒峰くんを探してた」

「オレを？」

「うん。黒峰くんに会いたくて部屋に行ったけど、誰もいなくて……。だから探して、庭に来たの」

「そう、だったのか」

何よりも辛《つら》いときに、星宮がオレを求めてくれた事実を噛《か》みしめる。

「怖かった……何も考えられなくて……。動けなかった」

コンビニ強盗の話だ。顔を伏せたまま話し続ける星宮に耳を傾ける。

「でも……頭のどこかで黒峰くんを意識していた。そしたら……本当に来てくれた」

「トイレに……いたからな。今思えば、隠れて警察を呼んだ方がよかった」

「それがよかったのか、わかんないよ……。警察が来る前に、もっと酷《ひど》いことが起きていたかもしれないし」

「かもな……」

「ほんとわかんないよね。正しいことをするのが、正しくないときって確かにあるもん」

星宮のその言葉は脳の奥に突き刺さるような深さがあった。その通りだと思う。

まだ16歳でしかないオレだけど、常識的に正しいか正しくないか……それだけで全ての物事は測れないと確信している。何を言ったところで、結局は結果論だ。

「黒峰くんは……あたしのために土下座までしてくれて……。ううん、その少し前に言ってくれたことがある」

「何を……言ったっけ？　必死であまり覚えてないんだ」

申し訳なく思いながら言うと、星宮は一瞬だけ笑った。

そして顔を上げ、真っすぐオレの目を見つめてくる。

「一番幸せになってほしい人って言った。……本当なの？」

「うん……あの状況でウソは言えない」

「そっかそっか……」

月に照らされる星宮の頬は、じわーっとさらに赤みを増した。

その変化を見て気恥ずかしくなり、自分の言葉を誤魔化したくなる。

「……あの後、裸になったけどな」

「ビックリした。黒峰くんは変わってるなーって思ってたけど、あそこまで変わってると思わなかった」

「なんでもいいから、可能性があるならしたかったんだ」

「可能性？」

「うん。星宮を助けられる可能性」

どんな偶然が起きたのか。オレの言葉が放たれた直後、虫たちの合唱が中断された。

風《や》すら止み、物音一つしない静寂が訪れる。

星宮は表情を一切変えることなく、オレの目の奥にある感情を覗《のぞ》き込んでいた。

「あたしのこと……好きなの？」

「…………」

「違ったら……ごめんね。これはあたしの願望と言いますか……そうだったら、すごく嬉《うれ》しいなぁって思いまして……」

「嬉しい？」

「うん。あたし……黒峰くんのことが、好きだから」

意を決した様子ではない。スッと、ごく普通に星宮の口から飛び出した。その浮かべる表情も至って普通のもの。だからオレも驚くことなく、普通に受け入れていた。

「添田さんの家に来てから……ずっと喪失感があった。何か大切なものを置き去りにしたような……」

「喪失感……」

「でも数日前、黒峰くんを見て心が満たされたの。すごくドキドキするようになって……黒峰くんのことばかり考えるようになった」

「…………」

「一目惚《ひとめぼ》れ、なんだと思う。学校で見かけているはずなのにね……」

自分を責めるように言った星宮は、同時に変に思う気持ちも抱えていた。

記憶の改ざんをしている自覚がないので、不思議に思って当然だ。

「ごめんね、覚えてなくて。でも今は……本当に黒峰くんで頭がいっぱいなの。コンビニ強盗のことがあった後でも……。ううん、あったから余計に……なのかな」

「そんなに、オレのことを……？」

「最初は、これが好きって感情なのかなぁって悩んでたけど……今はもうわかる。怖い思いをして……確信した。黒峰くんのことが好き……。何かが起きて、手遅れになる前に……伝えたかったの」

「星宮……」

星宮の目は涙で潤み、光を宿らせていた。

なによりも切実に吐き出されたその想《おも》いが、オレの感情を激しく揺さぶる。

「黒峰くん……あたしのこと……好き、ですか？」

祈りの気持ちも込められた真剣な問いかけだった。何も考えることなく返答する。

「好きだよ。星宮のことが大好きだ」

これまでのオレの言動から予想していたのだろう、星宮は露骨にうぶな反応を見せなかった。代わりにツーッと細い涙を流し、照れたように目を伏せ、両手の指を合わせ揉《も》む。

「嬉しい……好き……あたしも、黒峰くんのことがすっごく好き……」

「……ッ」

視界が霞《かす》むほど心臓が跳ねた。『すっごく好き』は色々とまずい。

オレの動揺を知るわけもない星宮は顔を上げて尋ねてきた。

「どうして、あたしを好きになってくれたの？　ろくに話をしたこともなかったのに」

「………」

何も言えなくなる。

辛いときに励ましてもらった……何度も何度も。

優しくしてくれた、向き合ってくれた。

『じゃあ……これからは、いっぱい笑わなきゃね』

あの屈託のない笑顔に――――心を救われた。

「黒峰くん？」

言いたい。全てを打ち明けたい。

………言って、いいのか？

泣き叫んでいた星宮が頭の中でチラつく。

今のままでいるほうが……いいんじゃないか？

忘れているのなら忘れたままで……。

オレから言う必要、ないのでは？

……言う必要はない。

オレが、言いたいだけ。

知ってほしいだけ。

思い出してほしいだけ。

オレたちが紡《つむ》いできた日常を――。

「一目惚れだ。オレも一目惚れだ」

「そっかそっか……て、照れちゃうね……。ちょっと運命を感じるかも」

可愛《かわい》らしくはにかむ星宮を見て、自分の決断は間違っていないと自分に言い聞かせる。

………思い出させる必要はない。

これからの生活で思い出したそのときに、支えてあげればいい。

思い出さなかったら、このまま――。

「本当のあたしを知って、失望されないか少し不安かも」

「しない。絶対にしない」

「言い切れちゃうんだね」

「もちろん」

オレは星宮の内面に触れて好きになったのだから。

見た目を好きになったわけでもなければ、一目惚れでもない。

星宮彩奈という人間そのものを好きになったんだ。

ほどなくして星宮は一歩だけオレから離れ、照れたように小さく笑う。

「まだ、お互いのことはそんなに知らないけど……これから知っていこうね」

「――――ッ」

胸を締めつけられる痛さではない。刃物で抉《えぐ》られたような鋭い痛みが襲ってくる。

苦しむオレに気づかない星宮は幸福感に満ちた雰囲気を醸《かも》し、照れ笑いを絶やさない。

「あたしのことをもっと知ってほしいし、あたしも黒峰くんについてもっと知りたい」

…………。

同棲《どうせい》の頃の記憶が甦《よみがえ》る。

ペットを扱うようにオレをお世話してくれた星宮。優しく起こしてくれて、美味《おい》しいご飯を作ってくれて……。ちょっとお互いを意識しながら登下校……。一つのパフェを一緒に食べて……。陽乃とオレのために、無理に笑って身を引いた星宮……。

ストーカー事件を乗り越え、恋人になって――――。

「それじゃあ……あたしたち、今から恋人だよね……？」

緊張と照れが混じった笑みと共に、そんなことを聞いてくる。

「星宮」

「え――――」

衝動的な行動だった。

正面から星宮を抱きしめる。強く、強引に。力の加減はない。

衝動的に抱きしめていた。

「く、黒峰くん――――ッ」

「好き……本当に好きなんだ。星宮のことが好きなんだ」

どうして覚えていないんだ。あの積み重ねてきた日常を――――！

オレたちは付き合って、まだ何もしていないのに。手を繋《つな》ぐことすら……！

「ま、まだ……こういうの、早いよ……ッ！」

早くない。全く早くない。

オレたちは付き合っているんだ、とっくの前から両想いなんだ。

お互いに好きだと、伝え合った後なんだ。

「星宮……！」

「痛いよ……黒峰くん……ッ！」

「――――」

痛みに呻《うめ》く星宮の声が、意識を現実に戻す。反射的に星宮を離し、後ろに下がった。

「ごめん……本当にごめん。オレ、また……！」

「……黒峰くんは強引な男の子なんだね」

強引……強引だったな。

「い、嫌じゃないけどね……過程を大切にしたいと言いますか……急ぎたくないと言いますか。そ、その、本当はあたしも……黒峰くんと、その……」

きっと星宮はうぶで可愛らしい仕草をしているのだろう。

その確認をする暇がなかったオレは、星宮に背を向け、夜空を見上げた。

憎たらしいくらいに星が輝いている。オレをあざ笑っているのか？

「黒峰くん？」

「ごめん……。わかった、日常を積み重ねよう。星宮のペースに合わせる」

「ありがと黒峰くん……」

星宮の顔を見たいけれど、それはできない。

グッとこらえ、夜空を睨《にら》み続ける。

別に恨みはないが、とにかく夜空を睨み続けた。

「コンビニ強盗から助けてくれて……ありがとね。一生忘れないから」

「うん……」

「えと、それじゃあ……また明日」

「うん、また明日」

振り返らずに答える。背後から足音が聞こえ、徐々に遠ざかっていった。

星宮は自分の部屋に戻ったのだろう。

一人になったことを確信し、限界にきていた想いを吐き出す。

「一生、忘れないか。その保証は……どこにある？」

夜空を見上げ、緩やかな夜風を感じながら呟《つぶや》いた。

ほんの少しでも顔を下げれば、涙がこぼれそうだったんだ。

◇　◇　◇

「ね、眠れない……！」

布団《ふとん》の中でジッとしていたアタシは、ついに体を起こして目を開く。

部屋内は真っ暗で何も見えないけれど、次第にボンヤリと輪郭が見え始めた。

カーテンの僅かな隙間から差し込む月明りのおかげだ。

「てか……眠れるはずがないでしょ。コンビニ強盗に襲われた日にさ」

独り言で正当化する。今思い出しても体が震えてしまうほどに強烈だった。

怒りやら恐怖やら……。事件の最中は怒りが恐怖を凌駕《りょうが》していたのに、今となっては恐怖の方が勝ってくる。冷静になり、アタシの言動は逆に彩奈を危機に追い込んでいたことも理解する。あんなに興奮していたコンビニ強盗に刺激を与えるのはよくなかった。

もしリクが全裸にならなかったら……！

「あ、あれはおかしいでしょ……！　刺激云々《うんぬん》じゃないってば」

リクの体を思い出してカッと顔が熱くなる。あんなふうに男の体を見たのは初めてだ。

本当に見てしまった。上から下まで全部………！

「人間、追い込まれると何をするかわからないもんだね」

少し頭を冷やそうと思い、庭に出ることにする。

部屋から出て階段を下り、一階の廊下を歩いている途中、ばったり彩奈と遭遇した。

「ん、彩奈？」

「カナ――――！」

驚いた彩奈はビクッと肩を跳ねさせた。なんか過剰反応……？

それよりも眠るまで泣いていた彩奈が心配だ。

「大丈夫？　コンビニ強盗のこと……」

「あんまり大丈夫じゃないかも……。でも、その……」

「？」

よく見ると彩奈の頬は赤く染まっていた。それに雰囲気もなんだか嬉《うれ》しそうな感じがする。とても恐怖で泣き続けていた少女とは思えない。

「カナは……どうして起きてるの？」

「いやいや、あんなことがあったら寝つきも悪くなるって」

「そうだよね、うん……」

「彩奈さ、何かあった？」

「うぇ？」

素っ頓狂な声を漏らす彩奈。間違いなく何かあった人の反応じゃん……。

「彩奈？」

「……ついさっきまで……庭で黒峰くんと話をしてたの」

「リクと？　何の話？」

「コンビニ強盗のことと……お互いの気持ちの話」

お互いの気持ちの話……それか。それが彩奈の様子をおかしくさせている。

そして恐怖すら塗り潰す感情を呼び起こしているんだ。

そこまで考え、この二人の間にどのような変化が起きたかもすぐに想像できた。

……やったじゃん、リク。

「いっぱい、好きって言われちゃった……ギュッてされながら……」

「リクのやつ、ずっと星宮星宮ーって言ってたからね」

「そ、そんなに？」

頷《うなず》いてあげると、彩奈は嬉しそうに頬を緩めた。もちろん顔は赤く染まり続けている。

「カナは知ってたの？　黒峰くんの気持ち……」

「知ってたに決まってるじゃん」

「そう……なんだ」

「リクは変な男だけど、彩奈を想《おも》う気持ちは本物だよ」

「わかってる。すごく伝わってくるから……」

胸に手を当て、彩奈は優しい顔をする。リクのこれまでの言動を思い浮かべているに違いない。自分の恋愛感情を自覚し、相手の想いを受け取った人の反応だ。

「それで……付き合うことにしたの？」

「うん……っ」

もう湯気が出そうなくらい顔が真っ赤な彩奈は、小さな頷きを見せてくれた。

「よかったじゃん。おめでと」

心の底からお祝いする。報われた瞬間だった。ちょっと涙が出そうになるくらい……。

リクと彩奈の苦労を知っている立場として、感無量だった。

「早く明日になってほしいから、もう寝るね」

「子供かっ」

「あはは、否定できないや。あんなに怖いことがあったのにね……。黒峰くんがそばにいてくれるって思うと安心するの」

全裸になる男だけどね——という茶化しは心に留《とど》める。

そうして彩奈は廊下の奥に去っていき、姿を消した。

リクと結ばれた幸せを噛《か》みしめながら眠れるはず……。

「さーて、リクのもとに行きますか」

彩奈に影響されたのか、アタシも明るい気分になっていた。というより嬉しい。

きっとリクもハイテンションになっている。庭で犬のように駆け回っているかも。

その姿が簡単に想像できて笑いが込み上げてくる。

縁側に来たアタシは庭を見回し、リクの背中を発見した。

さすがに駆け回ってはいない。ポツンと突っ立って、夜空を見上げていた。

………いっちょまえに思いを馳《は》せてんの？

似合わないってば。リクはリクらしく、もっと感情を出して喜ばないと。

アタシはサンダルを履いて庭に踏み出す。わざとらしく足音を立ててリクに近づいてみたのに、振り向く気配がない。もう手が届く位置にまで来てしまった。

………なるほどね。それだけ彩奈と付き合えたことに感動しているわけだ。

その気持ち、理解できるよリク。

あれだけ頑張ったんだもん。アタシも一緒に喜んであげよう！

「おいリク！　よくやったじゃん！　おめでと！」

こんなに明るい声を出したのは何年ぶりだろ。アタシも嬉しさを隠し切れない。

「………カナ？」

「リク――――ッ」

言葉が出なくなった。上向きだった感情が一瞬で下落する。

理解できない現象に遭遇したみたいだった。

なぜなら、振り返ったリクは――泣いていたから。

決して嬉し泣きじゃない。悲しみに満ちた顔で、ひたすら涙を流していた。

月明かりが頬を照らし、幾本もの光の筋を浮かび上がらせている。

幸せに満ちた彩奈とは正反対だった。

「………どうしたわけ……？　彩奈と付き合えたんでしょ？」

「そうだな……星宮はオレの想いを受け取ってくれて……星宮もオレを求めてくれた」

「良いことじゃん」

アタシの返事に対し、リクは頷くこともせず淡々と言い続ける。

「このまま恋人になって、今度こそ幸せな日常を積み重ねていく……何も問題はない」

「そうでしょ？　泣く必要なんて――」

「じゃあ……星宮が記憶を取り戻さなかったら？」

「そりゃあ彩奈は笑って暮らせる……？」

リクの静かな問いかけに、アタシはおそるおそる言葉を紡《つむ》ぐ。

まるで授業中に先生から当てられ、正解がわからない問題を答える心境だった。

果たしてアタシの答えは正解だったのか……。

次の瞬間、リクは悲痛な表情に一変し――。

「ああそうさ‼　それが一番いい‼」

「え」

「星宮は泣かずにすむから！　辛《つら》い思いをしなくてすむから！　それはわかっている！　わかっているのに……辛いんだ、辛いんだよ‼」

涙をあふれさせ、リクは歯をむき出しにして叫び続ける。

全力で吐き出されていく本音は、一言一言に重い衝撃が宿されていた。

「忘れられているんだ、オレとの日常を‼」

「――――ッ！」

それは今更過ぎる事実。最初の時点でわかりきっていること。

そのことをアタシは、本当の意味で理解していなかった。

忘れられている、その事実だけで留まっていた。

その中身……ようはリクの気持ちは――――。

「オレがどうして星宮を好きになったのか、それすらなかったことになっている！」

「リク……」

「一目惚《ひとめぼ》れ……？　はは、違う……違うさ。一目惚れなんかじゃない。オレは星宮の心に触れて……好きになったんだ」

リクの頬を伝い続ける涙は顎先に溜《た》まり、次々と落下していく。

皮肉にも月の光を含んだ涙は落下する星のようで美しくもあった。

「こんなに……こんなに辛くて苦しいとは思わなかった。好きな人から忘れられることが……こんなにも……！」

リクの凄《すさ》まじい慟哭《どうこく》に何も言えなくなる。積もり続けた切実な感情が暴力的に噴き出し、その壮絶な雰囲気にアタシは呑《の》まれていた。

「星宮のために頑張るつもりだった。でも自分の思いを抑えきれない。……覚えていてほしい。オレと過ごした日常をなかったことにしないでほしい……！」

深夜の静寂を打ち壊したリクの叫びは——しかし全てを吐き出したことで再び静寂に包まれる。ウソのように静かな時間が流れ始めた。

「…………」

地面を見つめていたリクは、緩慢な動きで顔を上げる。

何もない宙を見つめながら落ち着き払って、その言葉を口にした。

「オレは最低な奴《やつ》だよな」

「……え」

「星宮の幸せが一番だと考えてるくせに、結局自分のことばかりだ。嫌になる……こんな

「なんにも変わっちゃいない。成長しちゃいない。ダメなまま……陽乃に守られ、陽乃に頼っていた頃のまま……。星宮のために頑張ると、そう決めたのに……情けない、情けない奴だ」

「そんなこと……」

自分が」


その言葉を最後に、リクは何も言わなくなる。

動くことすら止め、ただの置物に変化した。

唯一動いているのは、目からあふれ続ける涙のみ。

――――最低だ、アタシは。

さっきまでの自分を全力で殴り倒してやりたい。

協力者という立場でありながら、リクの苦悩に気づいてやれなかった。

どうして今まで気づかなかったんだろ。

好きな人から忘れられている――――そんなの、辛くて当たり前じゃん。

どんな事情があっても、忘れられるのは辛い。

当たり前すぎることをアタシは見落としていた。

だってそんな経験、したことがないから……。

大切な人から忘れられるなんて、発想にもなかった。

ちょっと人から無視されるだけでも苦痛なのに……。

リクは辛い状況に追い込まれ、色んな感情に振り回されているのに……それでも頑張り続けていた。自分を弱い人間だと言っていたリクが……！

なによりもアタシに腹が立つ。

協力者になると宣言しておきながら、リクのことを何も見ていなかった。

「リクはほんとバカ……バカだよ」

「はは、情けないじゃなくてバカか……。まだマシかもな」

自虐的に笑うリクを見て、ついに我慢できなくなる。

「当たり前じゃん」

「……なにが」

「……辛くて当たり前じゃん‼」

「ッ」

唐突なアタシの叫びに、リクは面食らった様子を見せる。アタシは畳みかけるように叫び続けた。

「あのさ、好きな人に忘れられてるんだよ⁉　辛くて当たり前じゃん‼」

激情の抑えが利《き》かなくなる。全身に熱が行き渡り、目から涙があふれる。それでも止まれなかった。

「今のリクは情けなくない！　頑張ってる……すごく頑張ってるよ！」

「そんなこと……ない」

「ある、あるよ！　普通の奴だったらとっくに心折れてるから！　そもそも春風と別れてまで、ここに来てないから‼　そりゃそうじゃん……誰が好き好んで辛い道を選ぶの⁉　春風に守ってもらう人生を送るのが普通……普通なんだよ‼」

「オレは……」

「でもアンタは……リクは、ここに来たんでしょうが‼　彩奈に寄り添えるのは自分だけだからって……春風と別れてまで‼　それのどこが情けないの⁉」

リクの場合、ただ春風と別れたわけじゃない。話を聞けばバカのアタシでもわかる。

リクは春風に依存していた。

自覚はないみたいだけど、依存を恋愛感情と勘違いしているようにも思えた。

春風もそれをわかっていたから別れる道を選び、リクの背中を押したのかもしれない。

ずっと縋《すが》ってきた存在から離れる……それは経験のないアタシでも並大抵のことではないと、簡単に想像できる。

この純粋な男は自覚してないけど、彩奈を想《おも》い、彩奈のために春風から自立したんだ。

「オレ、自分のことばかりで……」

「はぁ!? 好きな人に忘れられて辛い!? 思い出してほしい!? そんなの当たり前でしょうが!! むしろそう思えなかったら、好きでも何でもないじゃん!! ふざけんなよ黒峰リク!!」

「――――」

「アンタは真っ当……真っ当すぎるくらい真っ当な人間だよ」

激情に身を委ね、最後まで言い切った。

涙で視界がかすみ、乱暴に手の甲で拭う。

ここまで好き勝手に叫んだのに、まだ言い足りない。

「リクは誰よりも人間らしい人間。素直な感情に従って生きて……好きな人のために、なりふり構わず動ける人間じゃん。辛いのも痛いのも苦手なくせに、好きな人のために辛い道を進んでさ」

「………」

「今のリクをバカにする奴がいたら、アタシが本気で殴り倒してやる」

息が切れ、呼吸が荒くなる。大きく息を吸い込む。

呼吸を整えている間の静けさが妙に居心地が悪かった。

ふと真顔のリクが、アタシの顔をジッと見ていることに気づく。

そして自分が暴走していたことも……。

冷水をかけられたように頭の中が冷えていった。

「あ、あー……リク？　大丈夫？　その、アタシ……」

やっちゃったという思い。するとリクは照れ臭そうに頰を掻《か》き、アタシに軽い口調で尋ねてきた。

「殴り倒すって……本人でも？」

「…………もちろん、本人でも」

本当に優しく、リクの胸板に右拳をぶつける。というより当てた。

「そうか……それは困るな……はは」

無理な笑いではなく、自然な軽い笑い方だった。

張りつめた緊張感から解放され、弛緩《しかん》した空気が漂い始める。

「……あの、さ。好きな人に色々求めるのは当たり前だと思うよ」

「そうかな」

「一方的に求め続けるのはしんどいと思うけど……でもリクは違うでしょ？」

「うん……」

「アンタはそれでいい。今までのように彩奈の幸せや笑顔を求め、ありのままの自分を……その気持ちを大切にすればいい。卑屈になるな」

「………」

「これからも協力者として、何でも話を聞いてやる。ためこむな。誰かに思いを吐き出すだけでも変わるでしょ」

「つまり……愚痴？」

「そそ、愚痴」

あえて軽いノリで言ってあげた。リクも肩から力を抜き、ゆっくりまぶたを閉じる。何を考えているんだろう……？　発言を待つ。

やがてリクは目を開き、とても落ち着いた声で、予想していなかったことを言った。

「ありがとう、カナ」

「え、あ？」

「カナがいてくれて、本当によかった」

「べ、別に大したことしてないし……。アタシ、言いたいこと言ってるだけで、ろくなことをしてない……」

真剣に感謝され、困惑……いや、照れくさくなった。頰が熱い。

世間一般が考えるような協力者なら、もっと寄り添うような感じで接していたはず。

暴力的なアタシは協力者という立場に相応《ふさわ》しくない。

そう思っていたのに、リクは優しく丁寧に首を横に振った。

「そんなことない。カナだからそれでいいっていうか……。とにかく、カナの存在に救われている」

「い、言い過ぎだってば」

「今回のことだけじゃない。この家に来た後のことも……来る前のことも……」

「アタシは大したこと、してないし」

「カナがいなかったら、オレはここにいない。あの日、コンビニでカナと偶然出会い、星宮のことを話してくれたから……今、オレはここにいるんだ」

「リク……」

「カナ。本当に、ありがとう」

「あ――」

リクが浮かべる優しく柔らかい微笑。

無邪気で、真っすぐで、汚《けが》れがなくて。

その月に照らされた微笑を見た瞬間。

何かが、落ちた――――心の中で。

今まで感じたことがない、熱い感情……。

「じゃあ寝ようか。もう遅いし」

「…………」

「なんかスッキリしたよ。また明日からお願いする――――カナ？」

「え？」

「……大丈夫か？　ボーッとしてるし、顔が赤いぞ」

「だ、大丈夫！　平気！　気にしないで！」

「夏とはいえ深夜は肌寒いよな。風邪引く前に中に入ろう」

「……うん」

「カナも何か困ったことがあったら言ってくれ。全力で力になるよ」

「いいの？」

「いいよ、いいに決まってる。変な意味じゃないけど、オレにとってカナも特別な人だしな」

「特別な人――――ッ！」

「ん？」

過剰な反応をしてしまったせいで、リクがアタシの顔を覗《のぞ》きこんでくる。

顔が近い――――！　なんでもないと首を横に振っておいた。

家に上がり、アタシたちは別れて二階の自室に戻る。

真っ暗な部屋の中、胸の高鳴りを誤魔化すように布団《ふとん》にスッポリと潜った。

当然だけど、このドキドキは収まらない。

「…………」

今のリクを支えられるのはアタシだけ。

リクの苦悩を知るのもアタシだけ。

今のアタシは、リクにとって唯一の理解者。

支えてやらなくちゃ。

リクと彩奈が今よりも幸せになれるように――――ッ。

「ッ！」

謎の痛みが胸を襲う。理由がわからない。

ふと色んなリクの顔が浮かんできた。

何を考えているのかわからない真顔、無邪気に笑う顔、変なことを言うときの謎のどや顔、悲しみに染まった泣き顔……。
そして、アタシだけに見せてくれた――優しい微笑。
不思議なことに……。
何を考えようとしても、リクの顔が浮かんでくる。
全く眠れない。眠れる気がしない。
コンビニ強盗のことで眠れなかったのに、今度はリクのせいで眠れなくなった。
「睡眠の邪魔すんなよ、リクのくせに……」

四章　進展

翌日。警察から連絡がきた。民家に潜んでいたコンビニ強盗を捕まえた、と。

犯人に間違いがないかの確認、そして諸々《もろもろ》の話を警察の方にし……全てが終わり帰宅する。疲労をためていたオレたちは、作業的に晩飯とお風呂《ふろ》をすませて眠りについた。バタバタした時間で一日は潰れたが、これで気兼ねない日々を送ることができるだろう。

そして夜が明け、朝になる。普段の流れで朝食を終え、自室に戻った後、オレは星宮《ほしみや》の恋人に戻れたのだと再認識していた。とはいえ何かわかりやすい変化があったわけではない。星宮と特別なやり取りをすることはなかった。

意識しているのはオレだけか？　別段、星宮に変わった様子はなかった。

「オレから行動した方がいいよな、やっぱり……」

壁際《かべぎわ》に腰を下ろし、う～んと腕を組んで悩む。

「リク？」

「――――カナ？」

すぐ耳元から声が聞こえ、驚いて体がビクッとする。隣にはオレの目線に合わせるように腰を屈《かが》め、不思議そうな顔をしたカナがいた。

「またなんか悩み？」

「そういうわけではないけど……。何か用？」

「用……用はとくにない、かも……？　あれ、なんでアタシここに来たんだろ」

「オレが知るわけないだろ……」

なぜここに来たのか本気でわからないらしく、カナは首を傾《かし》げていた。

「なんとなく来たって理由じゃ………悪い？」

「悪くない。ま、協力者として行動するのが習慣になったんじゃないか？」

「あーそうかも」

一応これで結論は出たことになった。カナは納得したようで、何度も頷《うなず》く。

「でさリク、何か悩んでたじゃん」

そう言いながらカナはオレの右肩に手を置き、軽く揺すってくる。……よくわからないボディタッチだな。今までになかった気安さだ。

「悩みというほどではない……。星宮にどう接すればいいか考えていた」

「悩みじゃないそれ？　普通に接すればいいじゃん……もう付き合ってんだし」

「ああ付き合っている。それで何が変わるんだ？」

「…………は？」

「オレは星宮と特別な関係になりたかった。そして今は満足感がある……ただ、どう行動すればいいのか……」

「アンタのやりたいようにやれば？」

「星宮と一緒にいられたらそれでいい」

「欲深いのか無欲なのかわかんねー」

オレの発言を聞いたカナは目を細め、はぁと呆《あき》れ返る。

だがオレの気持ちもわかるはずだ。以前は一緒にいることも困難だったのだから。

「ならさ、デートに誘えば？」

「デートか……。この辺にはカラオケどころかゲーセンもないぞ」

「…………買い物に行くとか……？」

「一番近い店はコンビニだな」

「文句ばっか言いやがって！　アタシの考えにケチをつけるな！」

「…………」

まじのヤンキーかよ。そう思っていたが、カナは怒りに染まった顔から乙女のような恥じらいのある顔に変化させ、やや躊躇《ためら》いながら言ってくる。

「べ、別にさ、無理して遊ぶ必要なくない？　好きな人と手を繋《つな》ぎながら………ぶらぶらとその辺を歩くだけでも幸せっしょ。しかもここは自然に満ちているから、散歩にもいいし――――ってなんだその顔はバカリク」

「いや……見た目によらず純朴だなーと」

「あ？　アタシをバカにしてる？」

「してないです。ことあるごとに脅すのやめてくれ」

「脅してねーし。ただ聞いてるだけじゃん」

胸倉をつかむ勢いでキレてくる人が何を言っているんだか……。実際に胸倉をつかまれた身としては恐怖でしかない。一瞬、ふわっと体が浮いた感覚がしたからなぁ。

「とりあえずデートに誘ってきたら？」

「………どうやって？」

「普通にデートに行こうって言えばよくない？」

「…………恥ずかしいじゃん」

「はあ？　アンタ、もっと恥ずかしいことしてんじゃん！」

「……そうなんだけど、またちょっと違うんだよ」

感情の昂《たかぶ》りに任せて想《おも》いをぶつけるのと、平常心の状態で想いを伝えるのとでは、心理的な難易度がまるで違う。

「初恋もまだなカナにはわからないだろうな」

「…………」

「カナ？」

てっきり怒られると思って身構えていたが、全くそんなことはなかった。カナは口を色んな形に曲げ、何かを思案している様子。どうしたんだろうか。

「初恋、ねぇ」

「何か心当たりでも？」

「…………んや、ないよ。気のせい。気のせいに決まってる」

その言い方は自分に言い聞かせるようでもあった。

話を切り替えるべく、カナはオレに一つの提案をしてくる。

「協力者として手伝うよ。デートの誘い」

「どう手伝ってくれるんだ？」

「練習。アタシを彩奈《あやな》に見立ててデートに誘う練習をするの。これくらいならすぐできるようになるでしょ」

「カナを星宮にか……」

じっくりとカナの顔を見て観察する。乱暴な雰囲気はあるものの、綺麗《きれい》な顔ではある。もっとおしとやかになれば今とはけた違いにモテるだろう。

色々考えたが、見た目で星宮に見立てるのは不可能に近い。

「ちょ……見すぎ……！」

「……ごめん」

赤面するほど照れたカナは、オレから顔を背けて身を小さくさせた。うぶっぽい反応を見せることは何度かあったが、こうも露骨に照れる姿を見たのは初めてだ。

「い、いいから！　アタシを彩奈だと思って、デートに誘ってみな！」

「……わかった」

そうだ、カナは親切心から協力してくれているんだ。無下にしたくない。

オレは自分に言い聞かせる。目の前にいる女の子は星宮だ――。

「星宮……」

「……なに、かな？」

「今からオレとデートしよう。その辺を一緒に歩きたい」

「黒峰《くろみね》くん――！」

練習だと理解しているのにドキドキする。

優しい星宮はオレの誘いを断ることはない。断るとしても用事があるときだけ……。

そうわかっているのに緊張するのだ。

そして星宮になりきっているカナは口を開き――――。

「はあ？　なんでアタシがアンタとデートしなくちゃいけないわけ？　恋人になったからって調子に乗ってない？　これだから黒峰くんは……」

「……………ぐすっ」

撃沈した。なんてむごい仕打ちだろう。涙がほろりとこぼれる。

「あ、あー！　ごめん！　ちょっとした冗談だから！　まじごめん！　これは良くなかった！　ごめん！」

「…………オレはカナが嫌いだ……」

「ほんとごめんってば！」

カナが慌ててフォローしてくるが、もう遅い。オレの心は深海の底よりも深く沈んでしまった。今のセリフを星宮から言われたら……想像するだけで泣けてきた。

「ごめんリク。冗談言う空気じゃなかったね」

「………」

ほんとだよ。今のオレはデリケートなんだ。

「機嫌直して……よしよし」

「……また犬扱いか？」

「うん」

「うん、て」

開き直りやがった。唖然《あぜん》としている間にも、ひたすら頭を撫《な》でられる。夢中でオレの頭を撫でているカナは、どんどん顔をだらしなくさせていた。

もはやペットを可愛《かわい》がりメロメロになっている飼い主である。

「それ、顎こちょこちょー」

「人権侵害だ」

「アタシ、実は犬が好きなんだよね。よしよし、ほら可愛いねー」

………意外と悪くないかもしれない。

というより気持ちいい。頭と顎を撫でられるダブルコンボ。

そうか、オレは——犬だったのか。

それなら説明できることがいくつかある。何がとは言えないが、何かあった気がする。

ダメだ、思考もふやふやになってきた。

「お、目がトロンとしてんじゃん」

「…………」

「…………」

「どうしよ。本気で可愛い……てか、変な気分になってきた。ドキドキする」

「カナ？」

「……え？」

メロメロでふにゃけていたカナの目に妖しい光が灯《とも》り始める。

朱に染まった頬は照れではなく、興奮からくる染まり方だ。

明るいコメディ的な雰囲気から、妙な粘り気がある雰囲気に変わりつつあるのを感じていた――そのときだ。

「黒峰くん、話が――え」

開け放たれたドア。部屋の入り口に立つ星宮は、こちらを見て呆気《あっけ》にとられていた。

そりゃそうだ。なんせカナが、オレの頭と顎をなでなでしているのだから――。

「ふ、二人とも……な、仲が良いねぇ……ッ！」

「あ、ちが……彩奈聞いて」

「名前で呼び合ってるくらいだし……よく二人で楽しそうに話をしてるし……」

「彩奈――」

星宮は自分の髪の毛を撫でつけるように触り、感情を抑えようとしているように見えた。

それをカナも感じ取ったのか、急いで立ち上がりオレから離れる。

「リクって犬っぽいじゃん？　変な意味でなでなでしてたわけじゃないから」

「い、いいよ。あたし、気にしてないしー」

「大丈夫だって彩奈。彩奈の大切な彼氏に手を出すつもりは全くないから！」

「彼氏────ッ。う、うん……！」

彼氏という言葉に反応して照れる星宮。カナは誤魔化すように笑いながら星宮の横を通り過ぎ、部屋から出ていった。唐突に訪れた台風が過ぎ去ったような雰囲気だな。

「黒峰くん」

無機質な声でオレを呼び、星宮はドアを閉めてからオレのもとに歩いてくる。

どことなく緊張感が漂っていた。何かを問い詰められそうだ……。

星宮はオレの横に座ると、顔をこちらに向けることなく不満を訴えてきた。

「カナだけ……ズルい」

「え」

「カナだけズルい」

なにが────と聞くまでもないことか。多分さっきのことだ。

「あ、あたしもまだ……黒峰くんの頭に触れたことがないのに」

「じゃあ触る？」

「そういう問題じゃないかも」

「はい……」

ちょっと膨《ふく》れっ面《つら》の星宮。やきもちを妬《や》いているのだろうか。

気まずさからオレは正座をして低姿勢になる。

「ひょっとして……嫉妬してる？」

「べ、別にしてませんけど」

「でも――」

「してません！」

オレの言葉を断ち切り、星宮は間延びした軽い言葉で言い切った。

その反応は逆に確信に至らせる。嫉妬だ。

星宮のイメージに合わない――でもないか。

昔を思い返しても、オレとカナのやり取りを気にすることがあったし。

空気の重さを感じていると、星宮がオレに向き直り、ひょいっと右手を出してきた。

「……？」

差し出された綺麗な手の平を見下ろす。なんだ……？

「お手」

「あの……？」

「お手」

「……わん」

拳を軽く握り、星宮の右手に置く。オレの行動は正解だったらしい。

星宮は満足そうに「うん」と頷《うなず》いた。完全に犬扱いじゃん。

「よくできました、よしよし」

「………」

今度は頭を撫でられる。カナとは違い、髪の毛を乱さないようにした優しい撫で方だ。

「黒峰くんの髪の毛、少し硬いね。あはは」

星宮は笑み混じりで楽しそうにオレの髪の毛を弄《いじ》り始めた。

気恥ずかしさを感じ、オレは少しうつむいてしまう。

何より、すぐ目の前に星宮の顔があってドキドキするのだ。

「ほっぺは柔らかいね」

「っ」

脈絡なく右頬を触られた。それも餅をこねるようにムニムニと。

「黒峰くんもこんな感じであたしの頬を触ってたよね」

「……オレはさすっていたぞ」

「同じようなことだよ。あのときはビックリしたなぁ」

どこか感慨深く呟《つぶや》き、星宮はオレの頬をムニムニとこねくり回す。

この状況、なんだろう………はっ！　これが恋人としての過ごし方か！

これは所謂《いわゆる》イチャイチャ――――⁉

テンション上がってきた。緊張感もあるけれど、それ以上に舞い上がってくる。

「カナの気持ち、わかるかも……。犬みたいでなんだか……」

「オレが犬なら、飼い主は星宮でいいか？」

「あたし？　いいよ……黒峰くんの飼い主って変な感じだけど」

クスクスと、星宮は和やかに笑う。平和な雰囲気だ。

しかしオレの発言が全てをぶち壊すことになる。

「じゃあ顔を舐《な》めるぞ？」

「えっ⁉」

「犬は大好きな飼い主の顔を舐めるだろ？　何もおかしいことじゃない」

「そ、そそ、それは⁉　まだ……早いんじゃないかなぁ⁉」

「ペットの愛情表現を拒絶するのか？　ストレスたまって泣くぞ？」

「…………じゃ、じゃあ……ちょっとだけなら……！」

「いや冗談だけどな」

「黒峰くん⁉」

軽い調子のオレに対し、さすがの星宮も語気を強めて怒る。懐《なつ》かしいやり取りだな。

今のオレは可愛いと言うことですら緊張してしまうが、からかうつもりでなら何とでも言えそうだ。星宮から色んなリアクションを引き出したい思いの方が強い。

「オレでも顔を舐めるのはムリだ。ハードルが高いというか、夜に……そう、大人の時間にならないとな」

「お、大人の時間――――！」

何かを想像したらしい星宮は一瞬で顔を赤くさせた。目がグルグルしている。うぶだ。

「黒峰くん……やっぱり変なこと言うね」

「星宮の反応が面白いからな」

「……いじわる」

いじけた感じで、星宮がボソッと呟くように批難してくる。

若干細めた両目からも拗《す》ねた気持ちが伝わってきた。なんか可愛い。

色んな反応を見せてくれるから、変なことを言いたくなるんだよなぁ。

「星宮、オレに話があったんじゃないのか？」

「うん。話をしたくてきたんだけど……」

「カナがオレを犬扱いしてたと」

「……あたしも黒峰くんを可愛がったから、これでおあいこ」

なにがおあいこになるんだ……。まあ本人が納得できたのならそれでいい。

「話ってなに？」

「えと、ね……。あたしたち、恋人になったでしょ？」

照れながら言った星宮は、両手の指を合わせながら言ってくる。

「恋人として……なにがしたいかな？」

「ずっと一緒にいたい」

「…………ッ」

自分でも驚くほどの即答だった。もうこれが本音である。

星宮はさらに頬を赤くさせ、下を向いてしまった。オレは追撃とばかりに発言する。

「どんなことでも星宮と一緒に体験したい」

「す、すごく嬉《うれ》しいけど……もっと具体的な行動を言ってほしいかなぁ……」

「じゃあエロ本みたいなことがしたい」

「具体的すぎるよ！　そこは濁してほしかったかも！」

「濁して言ったつもりなんだけど……直球で言うならエッチだし」

「本当に直球だね！　ビックリだよ！」

「ダメか……？」

「あ、あたしもその……興味はあるけど……もっと段階を踏んで……お互いのことを知ってから……」

「黒峰リク16歳右利《き》き得意科目なし苦手科目なし趣味もとくになし――」

「待って待って！　そういうことじゃないの！　しかも、ないない尽くしだし！」

「くっ…………あははは！」

「黒峰、くん？」

「ご、ごめん……！　楽しくてつい」

昔にした会話と、全く同じ会話をしたのだ……そりゃ笑ってしまう。

星宮は記憶を失っても星宮だった。

そんな当たり前のことを実感し、涙が出るほど笑ってしまった。

だからこそ、真剣な思いにもなる。

「星宮」

「なにかな？」

「何があっても星宮はオレが絶対に守る」

「――――ほ、本当に直球だね……。今どき、漫画でも聞かないセリフだよ」

「オレは本気だ。些細《ささい》なことでも星宮に傷を負ってほしくない」

「黒峰くん……」

熱に浮かされたように、ポーッとオレを見つめる星宮。

なんだかキスでもできそうな雰囲気だが、もっと他に伝えたいことがある。

「今から言うことをよく聞いてほしい」

「うん……」

「これから先、何が起きようと……何が起きていようと、オレは決して星宮を嫌いにならない」

「う、うん……？」

思ったようなセリフではなかったらしく、星宮はひっかかりを感じているようなリアクションをした。……今は意味がわからないだろう。それでいい。

いつか記憶を取り戻したときに、今のオレの言葉を思い出してもらえれば……。

「というわけで明日の晩、エロ本みたいなことをしよう」

「も、もう！　色々と台無しだよ！」

「え、ダメなのか？」

「そ、そんな……えと、でも……！」

動揺し、慌てふためく星宮。そんなうぶな彼女を見て心が癒《いや》されていくのを感じた。

可愛《かわい》らしい彼女を堪能《たんのう》したオレは、冗談だと言おうとしたが――――。

「わ、わかった……」

星宮はぷるぷると小刻みに全身を震わせ、火が出そうなほど顔を赤くしていた。

とても勇気を振り絞った返事であることがわかってしまう。

「いや、冗談だぞ？　星宮のペースに合わせるから安心してくれ」

しかし星宮は硬い動きで首を横に振った。

「黒峰くんの気持ちに……ちょっとでも応えたい」

「無理、しなくていい」

「無理は……してないよ。あたし……色々考えてたの。人生って本当に何が起こるかわからないよね」

「そうだな。とくに星宮は……」

半年以内にコンビニ強盗から二回襲われ、ストーカーからも襲われた。一人だけ世紀末で生きている。ラノベ主人公顔負けの不幸体質である。

「恥ずかしいけど……何かが起きる前にね、したいことはしておくべきかなーって昨日の夜……考えてました」

「そ、そっか。星宮が言うと説得力があるよな」

「というわけで明日の夜中……黒峰くんの部屋に行きます……！」

「お、おう……！」

力強い決意で震えた声に、オレは緊張感で震えた声を返してしまう。

な、なんてことだ。明日、星宮と一線を越えることになってしまった――――！

急展開にドキドキしてくる。顔が熱くなってきたぞ！

「ちなみに、どうして明日？」

「……今日は急すぎるからダメ。心の準備をする時間もほしいし……っ」

「そ、そうですか……っ」

オレとしてもそれくらいの時間は必要かもしれない。

ふざけるノリでなら何でも言えちゃうが、ガチになると頭の中が白っぽくなるのだ。

次の瞬間――甘い緊張感は一瞬で吹き飛ぶ。

不意に星宮は頭を押さえ、激痛を感じたように顔を歪《ゆが》めた。

「――ッ！」

「星宮？」

「な、なんだろ……？　何かが一瞬見えて――」

「外に行こうか」

「え？」

「デートしよう。一緒に外を歩きたい」

すかさず立ち上がり、座り込む星宮に手を差し出す。

星宮は悩むようにオレの顔と差し出された手を見比べていたが、「……うん」と嬉しそうに控えめな笑みを浮かべ、オレの手を取ってくれた。

……咄嗟《とっさ》の判断だった。

思い出してほしいけど思い出してほしくない。矛盾した気持ち……。

まだ自分の中ではっきりしていないのだろうか。未《いま》だに半端《はんぱ》な気がする。

一本の芯が通っていない感覚だった。

◇◇◇

外に出たオレたちは肩を並べて適当に歩き回る。

添田さんの家の周りは自然であふれており、道はアスファルトで舗装されていない。固められた土だ。脇に背の低い草が生えている。

民家が集まる地帯に移動すれば、舗装された道に出ることができた。とはいえオレが住んでいた町のように店が密集しているわけでもなく、人が多いわけでもなく……。星宮と無言で歩いていると、広大な畑に挟まれた道に出てしまった。

「これが田舎というやつか……！」

「あたしが住んでたところも、そんな都会ってわけじゃないけどね」

「ここほどではないだろ」

「そうだね」

何気ない会話なのに、星宮は微笑を浮かべてくれる。

「いつか星宮とこういう場所に住みたい」

「も、もう考えてるの？　あたしとの将来を……」

「ああ。孫の名前まで考えてある」

「それは考えすぎじゃないかなぁ⁉」

「来世ではどんな国で暮らしたい？」

「来世‼　く、黒峰くん……ぶっ飛びすぎ」

若干引き気味の星宮。さすがにふざけすぎたかもしれない。

だがそこは星宮、割と真面目に考えてくれた。

「……ずっと一緒にいられるといいね」

いられるといいね、か……。

周囲の風景を眺めながら歩いていると星宮が足を止めた。釣られてオレも足を止める。

「どうした？」

「あ、あたしたち……付き合ってるでしょ？」

「うん」

「て、手を……繋《つな》いでもいいんじゃないかなぁって思うんだけど……どう、かな？」

「随分と早いペースだな」

「や、やっぱり早い？　まず最初の一ヶ月間は名前呼びで……それから三ヶ月間は手を繋ぐ期間……それくらいが普通、だよね」

「それは遅すぎるけど……。星宮にしては早いペースだと思った」

「……明日、その……ちゃうわけだし……」

「あー……」

何を言っているか聞こえなかったが、顔を真っ赤にして口をモゴモゴさせる星宮を見て察する。明日がヒントだ。当然と言えるが、めちゃくちゃ意識しているらしい。

忘れていたオレも思い出して再び緊張してくる。

「あ、あたしも……過程を大切にしたいよ？　でも……」

不安そうにする星宮は、そっと自分の首に触れた。そこはコンビニ強盗からナイフを添えられた場所でもある。今でも冷たい感触を思い出すのだろう。

「人生、何が起きるかわからない……か」

「うん……。あたし、今は普通に振る舞えているけど……黒峰くんがいなかったら、今も部屋で泣いてると思う」

「……」

「他にも色々理由はあるよ？　でも一番の気持ちは……黒峰くんともっと強く繋がりたい……です」

「そ、そっか……！」

たどたどしく紡《つむ》がれた星宮の本音に、オレの方が緊張させられた。

……そうか、記憶はなくても好意という感情は残っているんだったな。

改めて嬉《うれ》しさと恥ずかしさを感じた。

きっと星宮はオレへの想《おも》いを募らせているんだろう、昔からずっと。

「…………」

何も言わずに優しく星宮の左手に触れると、ピクッと反応したのがわかった。

気にせず握りしめ、手を繋ぐ。温かく、それでいて柔らかい。

初めて感じる星宮の手だった。

「……黒峰くんと、手を繋いじゃった」

「…………」

そう言われると結構恥ずかしい。

「黒峰くんの顔、赤いね」

「星宮もな」

恥ずかしさを誤魔化すように、オレたちは手を繋いだまま歩き出す。

自然に囲まれた道、良い匂いがする風、優しく照らしてくれる太陽。

世界の全てが、オレたちを祝福してくれているように感じた。

これを幸せというのかもしれない。……もう絶対に離したくないな。

そんなことを考えながら歩いていると、星宮がポツリと言ってきた。

「黒峰くんてさ、カナのこと名前で呼んでるよね、ごく普通に」

「そうだな……？」

「他の女の子のことも名前で呼んでるの？」

「まあ、うん」

というよりオレの周りに女の子は三人しかいない。

陽乃《はるの》とは幼少からの付き合いで、気づいたら名前で呼び合っていた。

カナに関しては名字を未だに知らない。

意図的ではなく、自然な流れで星宮だけを名字呼びしていた。

「……やだな」

「えと……？」

「黒峰くんの彼女は……あたしなのに」

星宮は不満そうに唇を尖《とが》らせ、道端に転がっていた小石をコツンと蹴り飛ばした。

露骨な嫉妬を見せられ、恋人としての独占欲を強く感じる。

「く、黒峰くん……！」

「ん？」

声が上擦っていた。緊張した様子。オレたちは足を止め、顔を向き合わせた。

「あたしのこと……名前で呼んでください……！」

そんなお願いするようなことでもないと思う。

「それと……あたしも黒峰くんを名前で呼びたい」

「星宮……」

なかったことにされた日常。

その日常を埋め合わせるためにオレは頑張ろうと思っていた。

しかし星宮の方が積極的になっていた。

もしかしたら、無意識に空白の時間を埋めようとしているのかもしれない。

「ダメ、かな……？」

「良いに決まってる」

「じゃあ……あたしを呼んで」

瞳を潤ませ、星宮はジッと見上げてくる。期待に満ちすぎている雰囲気だ。

これはもうふざけていい流れではない。

空気に呑《の》まれ緊張を隠し切れないまま、ボソッと呼ぶ。

「………彩奈」

「も、もう一度呼んで」

「彩奈」

「――――ッ！」

さっきよりも大きめに声を発してみた。

するとと星宮は目を大きく開き、それから頬を緩ませ、にまにまする。口元もだらしなく歪んでいた。なんかもう色々とダメな表情になっているぞ……。

「あっ」

オレの視線から察したらしい。星宮は自分の両頬に手をやり、もみもみと揉《も》みしだく。

そして手を離すが………やはりだらしなく頬が緩んだ。

「彩奈、可愛《かわい》い」

「あ、うっ……そ、それは卑怯《ひきょう》だよ黒峰くん！」

「なにが卑怯なんだ？　思ったことを言っただけなのに」

「それも卑怯だよ……もうっ」

火照《ほて》った頬に手を当て、不満ではなく強がるように唇を尖らせた。

口調も怒った感じを装《よそお》っているが、嬉しそうな雰囲気は隠しきれていない。

可愛いと言うことに内心緊張したが、それに見合った成果は得られた。

「リクくん」

「なに？」

「……普通のリアクションだね」

「いや、嬉しいよ」

「ほんと？」

「ああ。好きな人から名前で呼んでもらえるんだ、嬉しいに決まってる」

「あんまり顔に出てないね」

「星宮が出すぎなんだよ」

「そっかー……」

納得したのかしていないのか、わからない態度だ。

そして星宮は思いついたようにオレを呼んでくる。

「リクくん」

「なに？」

「なにもないよ」

「なんだそれ……」

「リクくん」

「ん？」

「なにもないよ。呼んでみただけ」

「えぇ……」

何食わぬ顔でそう言う星宮。ひょっとしてオレ、からかわれている？

「リクくん」

「…………」

「無視しないで」

「……なに？」

「呼んでみただけー。えへへ」

星宮は悪意のない満面の笑みを浮かべ、スキップしそうな軽い感じで歩き始めた。

その離れていく背中を眺め、とある感情が込み上げてくる。

――可愛すぎてたまらん‼

めっちゃ浮かれてるんですけど、オレの彼女！

「リクくん、どうしたのー？」

「なんでもない」

数歩ほど前に進んだ星宮から呼びかけられ、小走りで距離を詰める。

なんだか星宮の記憶喪失について悩んでいたのがバカらしく思えてきた。

カナに吐き出してスッキリしたのもあるが、星宮――彩奈の笑顔を見ていると、全てが小さなことに思えてきたのだ。

……………笑顔、か。

記憶を改ざんすることによって得られた笑顔。

それは本当の意味で笑っていると言えるのだろうか。

「リクくん。もう一度、手を繋《つな》ぎたいな……」

返事をする暇なく、右手をギュッと握られた。

こそっと星宮の横顔を覗《のぞ》き見ると、やっぱり真っ赤になっていた。

それでも口元は嬉しそうに緩み、表情そのものに幸福感がある。

「もう……いいか」

余計なことは考えるなよ、オレ。今の生活が続けばそれでいいじゃないか。

彩奈が過去の記憶を忘れたのなら忘れたままでいい。

そうだ、そもそも耐えられないから忘れたのだ。なら思い出させる必要はない。

思い出してほしい気持ちを胸の奥に封じ込め、今の彩奈との生活を大切にしよう。

この平和な時間が、いつまでも続けばいい。

「おお彩奈ちゃん！　隣の男は彼氏かい？」

「えと……はい！　あたしの彼氏です！」

畑仕事に励んでいたおじさんに、彩奈は照れながら叫び返した。……可愛いなぁ。

◇　◇　◇

ぶらぶらと適当に散歩していたオレたちは頃合いを見て家に帰る。

そして昼食を終えた後、自分の部屋で過ごしていると彩奈がやって来た。

二人で何気ない会話を交わし……気づいたら彩奈はオレの膝で眠っていた。なぜ……？

「膝枕、か。むしろしてほしかった……！」

好きな人の膝で眠る……男の理想の一つと言えるだろう。

オレはスヤスヤと寝息を立てる彩奈の髪の毛を優しく撫《な》でてみたりする。一本一本が柔らかくて細い。この数日間で一気に距離を縮めたなーと、感慨深くなる。

だが数ヶ月前にオレたちは想いを伝え合い、付き合った後だ。

そう考えると、今のペースは少し遅いくらいかもしれない。

心地よさそうに眠る彩奈を眺めていると、ドアを二回叩《たた》かれた。

返事で「んー」と声を上げる。

適当な返事でも届くらしく、ゆっくりドアは開かれた。来客は予想通りカナ。

「おっ」

オレたちを見て目を丸くし、音を立てないようにドアを閉めた。

「彩奈、寝てんじゃん……リクの膝で」

「可愛いよな」

「惚気《のろけ》かい」

こちらに歩み寄ってきたカナは、オレの隣に腰を下ろす。

そして目を優しく細め、微笑《ほほえ》ましそうに彩奈を見つめていた。

「思ったより彩奈の方が積極的じゃん」

「そうだなぁ」

「ま、そうだよねー。記憶が消えても、好意は消えなかったくらいだし……。でも、これもリクが頑張った結果だよね」

「オレが？」

「うん。リクが行動したから今があるんだしさ。結局、本人が動かないと何も手に入らないでしょ？」

「まあ……」

「正直、彩奈のことがちょっとだけ羨ましい」

「え？」

こんな境遇で生きている人間が羨ましい？　どういう意味なのか尋ねるようにカナに視線を飛ばすと、カナは焦《あせ》ったように首を振って弁解した。

「ち、違う違う。そういう意味じゃない。アタシが言いたかったのは……リクみたいな男がいて良かったねって意味」

「………」

何を言えばいいかわからず黙ってしまう。カナはオレを気にすることなく言い続ける。

「アンタみたいにさ、真っすぐ想《おも》いを貫く男は中々いないと思うよ」

「どうだろうな」

「その忠犬っぽい感じ、大切にしなよ」

「結局犬扱いかよ……」

うんざりしたオレに対し、カナはからかうように明るく笑った。

会話が途切れて静かになり、彩奈の寝息が聞こえるようになる。

……なんとなく、本当になんとなく明日について考えてしまった。

オレ、何か準備した方がいいのだろうか。

いざそのとき、何を喋《しゃべ》り、どう振る舞えばいいのかわからない。

「リク、どした？」

「……いや……」

「何か悩んでない？　顔見ればわかるよ」

……いっそカナに相談するか？

いやダメだ。経験豊富そうな見た目なのに、カナもまたうぶな一面がある。

ていうか初恋すらまだのお子様。

オレの方が経験値としては上なのだ、相談相手には相応《ふさわ》しくない。

「もう少し自分で考えてみる。解決策が見つからなかったら相談するよ」

「そ、そう？　あんまムリすんなよ。アタシ……アンタの力になりたいんだからさ」

相談してもらえなかったことが不服だったのか、不満そうなカナだった。

どうせ相談したらしたで、赤面してキレかかってくるだろうに。

と、再びカナが質問をしてきた。それも挙動不審っぽく、赤面しながら。

「リクってさ……ちゅ、ちゅうとか……したこと、あんの？」

「ある」

「────あ、あるんだ。やっぱ相手は……春風《はるかぜ》？」

「ああ」

「そう……」

苦痛を感じるように顔を歪《ゆが》めるカナ。オレは気にせず思い出に浸る。

「小一のときにな。結婚ごっこで軽くチュッと……」

「小一の話かよ……。ガキの頃の話で照れんなよ、くそ……」

「ええ……何を怒ってるんだよ」

「怒ってねーし」

「怒ってるだろ」

「怒ってねーし」

カナは苛立《いらだ》ちを隠すことなく膝を揺すり、オレから顔を背けてしまう。

軽いジョークでも飛ばせば本気で殴られそうな気がした。

ちょっと怖く思い黙っていると、カナは無言で立ち上がり、こちらに一切顔を向けることなく部屋から出ていってしまった。

「なんだ……？」

全く理解できない。彩奈の寝息を聞きながら、オレは首を傾《かし》げるのだった。

◇◇◇

「あーイライラする……くそ、どうして……！」

リクと誰かがイチャイチャする……それを想像しただけで落ち着かなくなった。

その誰かが彩奈なら嬉《うれ》しくなるのに――。

「嬉しいけど……複雑……？　なんだこれ」

前ほど素直に喜べない自分がいた。謎のモヤモヤ感……。

「疲れてんのかアタシー？」

コンビニ強盗の事件から、まだ二日しか経《た》っていない。

きっと精神的な疲労が残っているんだ。そうに違いない。

◇◇◇

晩飯の後、居間でだらだら過ごしていると、暇そうにスマホを触っていたカナがポツリと言った。

「夏っぽいこと、あんまりしてなくない？」

「夏っぽいこと？」

　彩奈から何気なく尋ねられ、カナはスマホから顔を上げた。

「そりゃ海とか花火とか夏祭りとか……色々あるじゃん？」

「ごめんねぇカナちゃん。この辺、何もなくてぇ」

「あ、いえ。そういう意味では……！」

　テレビを観《み》ていた添田《そえだ》さんから申し訳なさそうに謝られ、カナは焦りを見せる。

「でもねぇ、バスで行けるところに海があるよぉ」

「え、あるんですか!?」

「そうよぉ。綺麗《きれい》でねぇ、この時季になると人がたくさん来るのぉ」

　サンダルとか必要なものも借りられるよぉと添田さんは付け足した。

「夏の定番といえば海……！　行くしかないでしょ――――あ、水着がないや」

　海があると言われてハイテンションになっていたが、あっという間に落ち込んでしまった。極端なやつだ……。しかし添田さんの一言で顔を上げることになる。

「水着、あるよぉ」

「え、水着もあるんですか！？」

「ええ、三人分あるからねぇ。農具と間違えて購入しちゃったのぉ」

「まち、間違え……え？　農具と間違えて？」

目をしばたたかせ、言葉の意味を考えるカナ。

そばで聞いていたオレも驚いている。どう間違えることができるんだろう。

オレたちの反応に気づかない添田さんはのっそりと立ち上がり居間から去る。十分ほどして、白色の箱を抱えて戻ってきた。その箱をテーブルに置き、中から三着の水着を取り出して並べていく。

「「……………」」

並べられた水着を目にし、オレたちは言葉を失った。

「あ、あのー添田さん？　どうしてこれをアタシたちに？」

「ええ、ええ。新品よぉ」

「いやーその、新品とか中古とか、どうでもいいと言いますか……」

「これを……あたしたちが着るの……？」

とくに動揺している彩奈とカナは、水着を見下ろして口を閉ざす。

左から順に、ピンク色のビキニ、ブルーのスク水、マイクロビキニだ。

一番マシなのは左の水着か。むしろ可愛《かわい》いし、男としても女性に着てほしい水着になるだろう。真ん中に置かれたスク水は……なんでだこれ。コスプレ用か？

右に置かれた水着に至っては、恥ずかしい部分だけを隠す形になっていた。

最小限の布面積で、極小ビキニとも呼ばれるものだ。

「二人にお願いがある」

「絶対に嫌」

「あたしもこれはちょっと……」

彼女たちはオレが何を言うか察したらしいが、気にせずお願いを言うことにした。

「二人のどっちかに、右の水着を着てほしい」

「嫌って言ったよね？　まじふざけんな」

「いくらリクくんのお願いでも……うーん……二人きりなら……っ」

「じゃあ彩奈は右の水着で、カナはスク水なっ！」

「ムリ！　絶対にムリ！　スク水とか、また別の意味で恥ずかしいから‼」

「じゃあ誰がスク水を着るんだよ！」

「誰も着なくていいでしょ！　てかサイズが……ちょうど良さそうな感じがするな……くぅっ」

それぞれの水着を手に取って確認し、カナは悔しそうに呻《うめ》く。

カナで問題ないなら彩奈も問題ないだろう。二人は似たような体格をしている。

「当たり前だが、オレはどれも着ないぞ。オレは短パンでも構わないしな」

「ちっ」

「ねえカナ。あたしが先に選んでいいかな?」

「いやいや、ここはお客様に選択権を譲りなよ」

「今さらお客さん気取り……?」

「いっそ裸でいいんじゃないか?」

「はあ⁉」

歯を剝《む》く勢いでカナがキレかかってきたが、オレは平然とした態度を貫く。

「安心してくれ。オレは気にしないから」

「アタシたちが気にするわ！　てか、気にされないのもムカつくんですけど⁉」

「……………カナ、ここは公平にじゃんけんしよ」

「それしかないか……！」

一応、海に行かない選択肢もある。

ただ、熱気が渦巻くこの部屋において、引くという選択肢は彼女たちにない。

海という夏の魅力を感じさせる言葉が、オレたちから冷静さを奪っていた。

「カナ？　どうした」

なにやら彩奈に背中を向けたカナが、ぶつぶつと独り言を言っている。普通に怖い。

「……これは勝った方がいいのか、負けた方がいいのか……。アタシは協力者として行動するべき…………いや、これは勝とう。あの水着はイヤだ。スク水も別の意味で恥ずかしい……。なら選択肢は一つしかない……本気で勝ちに行く」

カナの目に炎が宿る。かつてないほど燃えていた。

なんてくだらないことに全力を発揮しているんだ……！

本気のカナを見て少し呆《あき》れていたが、彩奈の「勝つぞ……！」と気合いを入れている姿を見て気持ちが和んだ。可愛い。

そして彼女たちは向き合い、真剣な瞳で相手を見据える。

…………もうさ、街に出て水着を買えばいいんじゃない？

「リクくんや」

「なんですか？」

「じゃんけんには参加しないのかい？」

「えっ」

「水着、三つあるよぉ」

ははは、おいおい。正気かこのおばあちゃんは？

オレは優しい喋《しゃべ》り方で「参加しませんよ」と添田さんに言った。

仮に参加したとして、どれを着ても地獄に直結する。

……それにしても、彩奈がどれを着るのか楽しみだ。思えば、水着姿を一度も見たことがない。まあ選ぶとしたら普通の水着だろうなぁ。負ければスク水かエッチな水着だ。

そしてついに、じゃんけんの結果が出る。

「や、やった！　あたし勝った！」

その場でジャンプしそうなほど喜んでいるのは彩奈だった。

対するカナは、ちょきの形になった自分の手を見つめて呆然《ぼうぜん》としている。……仕方ないな。今まで協力者として支えてもらったんだ、このときくらいは励ましてやらないと。

「カナ。なにも着ないという選択肢もあるぞ」

「首ぃ……絞めるぞ……！」

こわっ。

「つーか、リクはアタシの水着姿や裸なんか興味ないでしょ？」

「ないな！」

「きっぱり言うなコンチクショウが！」

怒り狂うカナから身の危険を感じ、ササッと離れておく。

スマホを取り出し、一応下調べということで添田さんが言う海について検索してみた。

写真を見る限りでは確かに綺麗だ。海に濁りがない。

ついでに周辺地図を見て、近くにショッピングモールがあることに気づいた。

「なあカナ。海の近くにショッピングモールがあるぞ。水着店もある。そこで水着を買わないか？」

オレとしては現実的な提案だったが、カナは首を横に振り否定してきた。

「もういい」

「スク水は恥ずかしいだろ。一人だけこんな……」

「アタシは勝負に負けてこれを着ることになった。その事実から逃げない」

「カナ……」

「アタシは────筋を通す女だ」

キリッと覚悟を決めた表情を浮かべ、カナは胸を張りながら言った。

……………なんて無駄な強がりなんだろう。

「じゃあ……いつ行く？」

「明日！　海がアタシたちを待ってる！」

「……その行動力は尊敬するよ」

陰《いん》の分類に属するオレには存在しない活発的なエネルギーだ。

スク水をつまんで持ち上げるカナを見ていると、彩奈がコソッとオレに近づいてきた。

そして軽く背伸びをして耳打ちしてくる。

「海、楽しみだね」

「あ、ああ……」

……………あれ、明日は彩奈と……する日では？

え、海に行った日の夜中に…………まじか。

「よし」

――――明日、オレは大人になります‼

◇　◇　◇

「人が多いな……」

砂浜に出るなり、そう呟《つぶや》いてしまうほどだった。綺麗な海よりも人の多さに意識が持っていかれる。この場に彩奈とカナはいない。

ショッピングモールで水着を買うため、オレは二人より少し早めに家から出たのだ。少しと言ってもバスの都合があるので一時間ほど早いが……。

サンダルと水着を着用し、オレの準備はできている。あとは二人を見つけるだけだ。

着替えといった諸々《もろもろ》を詰め込んでいるバッグからスマホを取り出し、カナからの連絡を確認する。二人もすでに来ているらしい。海の家の近くにいるそうだ。

「………」

当たり前だが、どこを見ても水着姿の人間がいる。それも楽しそうに振る舞い夏の海を全力で堪能《たんのう》していた。なんだかオレもリア充の仲間入りした気分になってくる。

「――っ」

眩暈《めまい》がして、一瞬ふらつく。全身から力が抜けたような感じだった。

暑さでボーッとしてしまったのだろうか……？

気にせず歩き続け、施設が並ぶ場所に到着する。

一番手前の施設の影に二人の美少女が暇そうに立っていた。

一人はビーチバッグを持つスク水少女。もう一人はピンクのビキニを着た少女だ。

……なんてわかりやすいんだろう。

周囲を行き交う人々の中に、やはり彼女たちを気にかける人もいる。

優れた容姿もそうだが、インパクトがあるのは何よりもスク水に違いない。

オレは彼女たちに近づき、話しかける。

「本当にスク水を着たんだな……」

「当たり前でしょ。勝負して決めたんだから」

堂々としているカナに、いっそ尊敬の念すら抱く。

「恥ずかしくないか？　結構見られてるぞ」

「もう慣れた。ぶっちゃけ他人がどう見てこようとアタシ自身には関係ないし」

「強い人間だな……」

「リクもそんな感じでしょ」

「…………」

そうかもな、と心の中で返事をする。確かに他人の視線を気にすることはあまりなかった。しかしオレは興味がないだけ。カナの場合は自分を貫く強い姿勢だ。本質が違う。

「……っ」

身を小さくさせ、もぞもぞしている彩奈に気づく。オレをチラ見して意識していた。

「彼氏でしょうが。何か言いな」

肘で突《つ》きながらカナが促してくる。

恥ずかしそうにする彩奈を眺めると、頬が熱くなってきた。

可愛《かわい》らしいピンクのビキニは、ギャルらしい見た目をした彩奈にとても似合っている。出し惜しみなく晒《さら》した白い肌は綺麗《きれい》だし、細身でありながらつくべきとこに肉がついているのでモデルのような印象が強い。……可愛いな。何を言えばいいのかわからない。

「リクくん……」

迷っていると、彩奈が期待で潤んだ瞳を向けてきた。

「ほらリク。言葉が出ないのはわかるけど、思ったことを言ってあげるのも彼氏の役目でしょうが」

「リクくん……どう、かなぁ？」

もう黙っていることはできない。急《せ》かされ、頭に浮かんだことをそのまま口に出す。

「と、とんでもない……肌の露出ですね……！」

「えっ――――」

「変態かっ！　視点が気持ち悪い！」

赤面し、さらに体を小さくさせる彩奈。そしてカナが胸倉をつかむ勢いで迫ってきた。

思ったことを言えって言ったじゃん……。オレは降参したように両手を上げる。

「……いや、か、可愛いよ……本当に」

「ど、どもです……っ」

お互いに照れて顔を背け合う。水着になるとまた違った雰囲気というか緊張感があった。

これまで見たことがない相手の姿にドキドキするのだ。

「もっと気の利《き》いたこと言えないのかねー」

「肌が綺麗で……胸大きいな」

「やっぱ喋んないほうがいいかも」

「ありがと……リクくん」

「照れるんかい」

内容関係なく、褒められたら喜びそうな彩奈だった。

「あ、そうだ。カナにプレゼントがあるんだ」

「は？　アタシに？」

オレはバッグに手を突っ込み、プレゼントを取り出す。

「ほら、水泳帽」

「舐《な》めてんのか!?　でももらう‼」

もらうのか……。水泳の授業で使うような水泳帽なんだが、カナはオレの手から勢いよく奪い取る。そして「男から物もらうのも……初めてなんですけど」と呟いた。

まあ喜んでもらえたのならそれでいい。ネタのつもりだったんだけどな。

だが一人、不満を漏らす。

「あたし、プレゼントまだ……」

「えと……」

「あたし、彼女なのに……」

「これはネタのつもりで――」

「プレゼントしてもらうってことが大切なの」

「は、はい……ごめんなさい」

「いいよ。リクくん、そういうの鈍そうだもんね」

「鈍そう――ッ！」

致命的な一撃を心臓に受けた。今すぐ両膝を折って血を吐きそうな威力である。

どうしよう、彩奈が機嫌を損ねてしまった。なんとかしなくては。

「彩奈。お詫《わ》びに日焼け止めを塗るよ」

漫画でもよくある展開だ。主人公がドキドキしながら女の子の背中に日焼け止めを塗ってあげるというもの。これで距離を縮め、仲直りを――。

「もう塗ったし」

「え、もう？　早いだろ……！」

あっけらかんとしたカナの発言に、再びショックを受ける。

オレの仲直り作戦は一瞬で粉砕された。

「てかお詫びじゃないっしょ、アンタが彩奈に触れたいだけじゃん」

「………………」

その通りでした。

「ほんと呆《あき》れた……行こ、彩奈。リクはパラソルよろしくー」

「どこに行くんだよ」

「ちょっと海見てくるだけー」

彩奈の手をつかみ、カナはさっさと歩いていく。

残されたオレは開始早々しくじったことを実感するのだった。

◇　◇　◇

パラソルをレンタルすると、指定した場所に設置してもらえた。ありがたい。

影の下にレジャーシートを敷き、体育座りして待機する。

「………遅いな、あの二人」

周囲の喧噪《けんそう》を聞きながらボーッと海を眺めていたが、二人の帰りが遅いので探しに行くことにする。カナがいれば大体のことは大丈夫だと思うが、それでも何かの事件に巻き込まれている可能性はある。

周囲を見回しながら砂浜を歩き回り──二人の男に絡《から》まれている彩奈を発見した。

「ナンパってやつ……？」

リアルで見たのは初めてだ。漫画やラノベでよく見かける光景。多くの場合、ナンパしている男は攻撃性が高い嫌な奴《やつ》だと決まっている。

「カナは……いないな」

何かの用事でカナが離れた隙に、彩奈は目をつけられてしまったのか。

……まあ、刃物を持ったコンビニ強盗やストーカーよりはマシか。

心理的なハードルを乗り越え、オレは彩奈のもとに向かう。

彼らの話し声が風に乗って聞こえてきた。「お友達も入れて一緒に遊ぼうよ」とか「思い出作りに」、とか………はっきり聞き取れないが、男二人は優しい笑みを浮かべて彩奈に話しかけていた。しかし彩奈の顔は強張《こわば》っている。早く行った方がいいな。

彩奈の背後に来たオレは、わざとらしく声をかけることにする。

「彩奈、どうした？」

「あ――リクくん」

素早く振り返った彩奈は、オレの顔を見るなり安心した顔になった。

その様子を見ていた男の一人が、やや戸惑いながら聞いてくる。

「えーと、彼氏……？」

オレが答えるよりも先に、彩奈が小さく手を上げて答える。

「はい……あたしの彼氏です」

「お、彼氏いたんだ。ごめんねー。優しそうな彼氏じゃん」

「迷惑かけたね。それじゃ」

彼らは嫌な顔を一切せず、むしろ爽やか笑みで応え、この場から去っていった。

……拍子抜けするほどあっさりだな。悪そうな人たちではなかった。見た感じ大学生くらいだろう。好青年と呼ぶに相応《ふさわ》しい人たちだ。

ナンパする男＝悪い奴のイメージがあったが、実際はそうでもないかもな。

一部強引な奴がいるだけで、殆《ほとん》どは彼らみたいに爽やかな人が多いのだろう。

「リクくん……来てくれてありがと」

「本当に来ただけなんだけどな。それよりカナは？」

「トイレ──じゃなくて、ちょっと用事ができたみたい」

それなら仕方ないか……。そう思った直後、ピトッと冷たい何かが右腕に当たった。

彩奈の手だ。オレに寄り添った彩奈が、オレの腕を弱々しい力で握ってくる。

「今回のことで……プレゼントの件はなかったことにしてあげる」

「ありがと。でも、これからはずっと一緒なんだ。いくらでもプレゼントをする機会はあるさ」

「リクくん……！」

「いずれは婚約指輪を渡すしな」

「こ、こんやく────ッ！　き、気が早すぎるよリクくん！」

「いや、いずれは、だからな？」

顔を真っ赤にして慌てふためく彩奈に、ちょっと微笑《ほほえ》ましく思う。

「彩奈お待たせー。リクもいるんじゃん」

「遅かったな。カナもナンパされていたのか？」

「あー……三人組の男から話しかけられた」

「まじでされていたのか」

「なんでスク水着てんのー？　ぎゃははは…………ってね」

「からかわれていたのか……」

「ちょいと睨《にら》んでやったら、蜘蛛《くも》の子を散らすように逃げてったけどね」

威張るように、カナはフンと鼻を鳴らした。

今さらだが、オレの彼女とはまるで違う性格だな。

今となってはカナらしいと普通に思えてしまうけども。

◇◇◇

合流したオレたちは早速遊ぶことにする。ビーチボールをレンタルして三人でキャッキャ遊んだり、砂浜で砂遊びをしたり（穴を掘り、黒峰リクを埋める遊び）……。

そして昼食を挟み、今はパラソルの下で休憩していた。三人でレジャーシートの上に座っている。空気を読んだオレは新たな遊びを提案することにした。

「鬼ごっこがしたい」

「小学生かっ。パス」

「あたしは楽しそうに思えたけど……？」

「彩奈は純粋だねー」

ギャルらしさが全くない彩奈だった。まじで見た目だけだな。

「それに荷物番が必要でしょ？　この近くでできる遊びじゃなきゃ」

カナは脇に置いているビーチバッグを見ながら言った。確かにそうだ。三人で離れている間に荷物を盗まれてみろ。一瞬で気分はガタ落ち、最悪な一日に早変わりだ。

そこでカナが閃《ひらめ》いたように言う。

「リクと彩奈、海に行っておいで。浮き輪とかレンタルしてさ。アタシが荷物見てる」

「え、でもカナ一人になるし……」

「アタシは海を眺めてる方が好きなタイプだから気にしなくていいよ」

「絶対にウソだろ。カナがそんな大人しいタイプかよ」

「いいから行きなって」

パン、とカナがオレの左肩を軽く叩《たた》いた。

これは気を遣っているのか……協力者として。なら今回も甘えることにしよう。

「行こうか、彩奈」

「うん……」

心苦しそうな様子を見せる彩奈を連れ、レンタル品を取り扱う海の家に向かう。

何気なく振り返ると、明るい笑みを浮かべるカナが、いってらっしゃーいとオレたちに軽く手を振っていた。

◇◇◇

「カナに気を遣わせたかなぁ」

浮き輪に乗る彩奈が、波に揺らされながら呟《つぶや》く。親友を置き去りにしたことを気にしていた。オレは彩奈が乗る浮き輪にしがみつきながら、どう言ったものか悩む。協力者として動いているから気にしなくていい……………と言うのは違うな。

カナの名誉を考えると、むしろ教えない方がいい気がした。

「カナはオレたちのことを考えてくれたんだろ。今は素直に甘えよう。あとでさり気なく何かでお礼すればいい」

「うん。そうだね」

オレの言葉で割り切れたらしく、彩奈はにこっと笑った。

「お礼といえば……男の人たちから助けてくれて、ありがとね」

「そんな気にしなくていいよ」

そもそも悪い人たちではなかった。オレが来なくても問題にはならなかっただろう。

「ううん、改めてお礼を言いたかったの。あのとき……どうすればいいかわからなくて困ってたから……」

これまでカナに助けてもらっていたので、ナンパのあしらい方を知らないわけだ。

「中学の頃はどうやって対応してたんだ？」

「何もしてないよ。男の人から話しかけられること、なかったし」

「そうか……」

思い返せば、中学の彩奈は地味なもっさりメガネちゃんだったな。

写真で見た程度だが、確かに今よりはモテない感じがする。

「あたし、リクくんからもらってばかりだね。お返しをしたいなぁ」

以前は生活面で支えてもらっていた。朝起こしてもらってご飯を作ってもらって……。

今は添田さんの家で暮らし、家事は分担されているので、彩奈がオレを支えているイメージはない。

「あたしの方からプレゼントしないとね。何かほしいものある？」

「もうもらってるよ、たくさん」

「え？」

こうした時間を過ごせるだけで満足だ。他には何もいらない。本気でそう思う。

このまま平和な道を歩かせてほしい。

「………彩奈?」

ジーッと、彩奈がオレの体を眺めていた。腕から胸にかけて、そして海面《うなも》の下にある腹までも。じっくり見られると恥ずかしいな……。

「前から思ってたけど、意外とカッコいい体してるよね。筋肉ついてる」

「ああ、昔から鍛えてるんだ。人生、何が起きるかわからないからな」

あらゆる災害から陽乃を守るため、日々筋トレを欠かさなかった。

もちろん格闘漫画を読み漁《あさ》り、イメージトレーニングも怠らなかった。

脳内では千人の悪党をねじ伏せている。手からビームだって撃てるぞ。

「ちょっとだけ触っていいかな?」

「……どうぞ」

嬉《うれ》しそうに笑みを浮かべた彩奈は軽く体を起こし、左手でオレの肩やら腕やら胸やらをペタペタと触ってくる。くすぐったい……。

「あ、すごい……硬い」

「………」

「皮膚からしてあたしと違う……わーすごい」

「……もういいか？」

「えー？　もうちょっとだけー」

好奇心に支配されてしまったのか。浮き輪から身を乗り出した彩奈は、オレの上半身を何度も触ってくる。この軽い感じはギャルっぽいかもしれない。

どうしよ。彩奈から無遠慮に触れられ、変な気分になってきた。よし、お返しだーと言いながらオレも彩奈の胸を触って——はダメだな。それは調子に乗り過ぎている。

せめてもの抵抗として、浮き輪から手を離してスイーッと徐々に離れていく。

「リクくんどこ行くの⁉　ハウス！」

「オレは犬ではありません」

「逃げないで——あっ」

浮き輪から身を乗り出していた彩奈は、無理にオレの体を捕まえようとし——ドボンッと頭から海に落ちてしまった。バシャバシャと水しぶきを上げ、海面から頭を出す。

一瞬で海水を含んだ髪はベッタリと顔に張りついていた。

足がつく程度の深さなので問題ないと思うが、やはり心配だ。

「大丈夫か？」

「げほげほ……っ」

オレが急いで近寄ると、彩奈は鬱陶しそうに髪の毛を掻《か》き上げ、顔を見せた。

「あっ」

海水に濡《ぬ》れ、陽光の輝きを含んだ綺麗《きれい》な顔。

その顔にはキョトンとした表情が浮かび、こちらをジッと見上げていた。

「………」

至近距離で見つめ合う。不意に訪れた無言の時間。

無意識にオレは彩奈の両肩に手を置いていた。

お互いの視線が交わり意識が一つになる。

彩奈は、軽く顎を上げ、そっと目を閉じた。

もはや本能。流れに従い、オレはキスしようとし――――。

バンッと強烈な衝撃を側頭部に受けた。それほど痛くない。

顔を横に向けると、すぐそばにぷかぷかとビーチボールが浮いていた。これか……。

「ご、ごめんなさい！」

少し離れた場所に、数人の小学生らしき子供が集まっていた。

このビーチボールで遊んでいたところ、事故でこっちに飛ばしてしまったらしい。

オレは「気をつけろよ」と軽く声をかけ、ビーチボールを投げてあげる。

よし、キスの続きを――――と思ったが、彩奈はこちらに背中を向けていた。

「彩奈？」

「……つ、続きは……今晩にしよっか……！」

「…………は、はい……ッ」

彩奈の顔は真っ赤になっている。見えなくてもわかった。

間違いなくオレの顔も赤い。

◇　◇　◇

「……ぶっちゃけアタシはお邪魔でしょ」

パラソルの影に身を隠すアタシは、遠目でリクと彩奈を見つめる。

二人で海を楽しむ姿は初々《ういうい》しいものを感じさせ、見ているだけで甘い気持ちにさせられた。でもその気持ちの裏側に、もやもやとした正体不明の感情が渦巻く。

「はぁ……付き合いたての二人に同行するとか……」

適当に独り言を言うことで自分の感情を誤魔化す。

顔を上げ、再び二人を見る。表情までは確認できない。

けど、楽しそうな雰囲気だけは伝わってくる。

――――いいじゃん、お似合い。

そして一瞬だけ考えてしまう。

あそこにいるのが彩奈じゃなくて、アタシだったら――――。

「はあ⁉　何考えてんのアタシ⁉」

頭を吹っ飛ばす勢いで首を左右に振る。今のはダメ。してはいけない妄想……。

「リクのくせにー」

バッグから水泳帽を取り出す。リクからもらったものだ。

両手で持ち、何度も軽く引っ張って遊ぶ。

「絶対にネタのプレゼントなのに……！」

それでも、めちゃくちゃ嬉しい。一生大切にしたいと思ってしまう。

きっとリクからのプレゼントなら何をもらっても嬉しかった。そんな気がする。

「…………」

試しに被《かぶ》ってみると、何とも言えない気持ちに包まれた。

ふとアタシの目の前を、小学生くらいの女の子が小走りで横切っていく。しかし、チラッとこちらを見て足を止めた。なに……？

「…………」

女の子はアタシを上から下まで眺めると、真顔をふにゃりと溶かし、無邪気に笑った。

◇　◇　◇

バスの一番後ろの席に座るアタシは、窓から夕陽《ゆうひ》に染まる景色を眺めていた。

すぐ隣にはリクがいて、もちろんその隣には彩奈がいる。

アタシはちょっとした疎外感を覚えていた。そうなって当たり前だった。

二人の様子を横目で確認する。

疲れたのか、彩奈はリクの肩に頭を預け、ぐっすり眠っていた。

ただ眠っているだけじゃない。指を絡《から》ませるように、リクと手を繋《つな》いでいる。

まさに恋人らしい雰囲気が漂っていた。

付き合ってすぐにしては並々ならぬ親密感にも感じられる。

でも二人を取り巻く事情を考えれば……。

「仲いいじゃん、二人とも。アタシの彩奈を幸せにしろよー」

「言われなくても」

迷わずに言うリクに、アタシは苦笑を漏らす。彼らしさがあった。

「カナに、何かお礼したい」

「は？　いきなりなに？」

「いや、彩奈がオレにお礼をしたいって言ったんだよ。だからってわけじゃないが……オレもちゃんとカナにお礼をしたいな……と」

リクなりに照れているらしく、赤みを帯びた頬を指で掻いていた。

アタシは何をもらうか考え、バッグに入れてあるプレゼントを思い出した。

「水泳帽くれたじゃん」

「それはネタというか、遊びだろ？　もっとちゃんとしたお礼をしたい」

「ふぅん」

「カナは……恩人でもあるから、さ」

「恩人……」

アタシはアタシなりに正しいと思った行動をし、感情的なことを言ってきただけ。

それなのにリクは恩まで感じちゃっている。

「こうして、彩奈と幸せな時間を過ごせているのはカナのおかげでもあるんだ」

「そ……」

とても良いこと。なのに心のどこかがざわつく。

それを無視するため、お礼は何がいいか必死に考える。

「……リクくん……」

「彩奈?」

「……すぅ……すぅ……ん……」

「……寝言?　寝言でオレを……?　まじか」

みっともなくニヤニヤするリク。幸せそうだねー。

しかも、いつの間にか名前で呼び合うようになってたし。

「…………」

彩奈を見るリクは、本当に優しい表情を浮かべていた。

アタシは胸の中に積もる不満を吐き出すように、願望を口にする。

「眠たい」

不満そうな言い方になった。

リクは躊躇《ためら》いながら「…………寝たら?」と言い返してきた。

「寄りかかっていい?」

「え」

「肩を貸して」

「お、おお……」

戸惑うリクを無視し、体を横に傾ける。リクの肩に頭を置き、少しずつ体重をかけた。

「…………これ、両手に花というやつでは？」

「は？」

「二人の女性から寄りかかられて……なんてこと、オレは罪な男だ」

「バカじゃないのアンタ。ただの枕代わりだっての」

「刺々《とげとげ》しい言い方だな。片方は薔薇《ばら》だったか」

「それ薔薇に失礼。アタシは薔薇ほど魅力的な女じゃねーから」

「そんなことない」

「――――」

即座に否定され、ドキッとさせられた。

「カナは魅力的だよ。誤解されやすいだけだ」

「……そう、かな」

「そうだ。オレに卑屈になるなと言っておいて、自分は卑屈になるのか？」

「…………」

そう言われると何も言い返せない。少なくともリクの気持ちは伝わってきた。

…………。

妙に心臓がドキドキしている。

ずっとこのままでいたい——そう願ってしまうほど、心が満たされていた。

「…………ぅ」

「リク？」

雰囲気の変化を感じ、体を起こして確認する。

リクは項垂《うなだ》れ、眠っていた。それもぐっすりと。赤ちゃんのような無防備さ……。

「……可愛《かわい》いじゃん」

リクの頬を指で軽く突《つつ》く。この程度のいたずらでは目を覚まさない。無反応だった。

……今なら、何をしても気づかない？

邪《よこしま》な欲求が湧いてくる。つばを飲み込むほどの緊張感。

「…………」

彩奈の様子を確認する。リクの肩に頭を預け、眠っている。目を覚ます気配はない。

思考……理性は働いていなかった。

リクの頰をジッと見つめ、他の世界は見えなくなる。

「────ッ」

顔を寄せ、リクの頰に──そっと唇を当てた。

すぐに顔を離して距離を取る。

欲求が満たされ、次に湧いた感情は後悔だった。

何をやってんだアタシ────！

衝動に近い行動。熱に浮かされた脳。なんでこんなことを……。

ありえないでしょ……親友の彼氏にちゅうするなんて！

「信じ……られない」

自分のことがわからない。何かに乗っ取られたような感じだった。

それでもリクの無防備な顔を見てドキドキする。

……この現象に名前をつけることはできる。

考えないようにしているだけ。

それだけは……それだけは絶対にダメだから。

「……ない、それはないってば」

そう自分に言い聞かせても、一度あふれだした感情は止まらない。

否定すればするほどリクを意識してしまうのだった。

◇◇◇

お風呂《ふろ》に入り、後は就寝時間を迎えるだけとなる。

部屋にいても落ち着かなかったので、縁側に出て座り込み、庭と夜空を眺めていた。

落ち着かない理由……それは、オレの部屋に彩奈が来るからだ。夜中に来るそうだが、具体的な時間は明かされていない。おそらく日付が変わる直前くらいだと思われる。

「オレ、何を準備したらいいんだろう……！」

準備するものがあるのか？　とりあえずお風呂で念入りに体を洗い、歯を徹底的に磨いた。ついさきほどの話だが、部屋で瞑想《めいそう》もすませてきた。

「ダメだ。何を考えたらいいのか、わからない……！」

こうなると性欲よりも理性が勝る。正しい手順というのがわからないのだ。

今すぐ経験者からのアドバイスが欲しいが、残念なことにオレには同性の友達がいない。

たったの一人も‼

ぶっつけ本番か……？　エロ系の娯楽を陽乃から規制されていたので、そのときのイメージが浮かび上がらないのだ。なんとなく……ボンヤリとは脳内で描けるのだが……！

くそ、脳内会議しても考えがまとまらないぞ。じんわり汗をかき、額に垂れていく。

「リク？　なにしてんの」

「カナか……」

廊下の暗闇からカナが現れ、オレの隣に腰を下ろした。湯上りらしく、火照《ほて》った感じがする。彩奈は自分の部屋にいるのだろうか。

「今度はどんな悩み？」

「……カナに相談できることじゃない」

「言ってみるだけでもいいじゃん。愚痴みたいに吐き出すだけでも変わるかもよ？」

優しい微笑を浮かべ、カナはそう言う。……その通りかもな。

同級生の、それも女子にこんな話をするのもどうかと思うが……。

カナは協力者だ。きっと力になってくれる。

たとえ、オレよりも経験がないうぶなお子様だとしても……!!

「今晩……」

「今晩？」

「彩奈と……大人の階段を登ります」

「…………は？」

「…………」

「大人の階段って……なに？　なんかのたとえ？」

「なんだと――――ッ」

驚きのあまり、隣にいるカナの顔を覗《のぞ》き込む。……ああ、本当に知らないようだ。

目をぱちぱちとさせ、疑問に満ちた子供みたいな顔をしている。

聞いたことがなくても雰囲気でわかるだろうに……。

「ちょ、リク。意味教えろって」

「……いいのか？　本当に教えていいのか？」

「はぁ？　いいってば」

「正直、カナがそこまでうぶというか、知識がないというか、子供だと思わなかった」

「バカにすんな。誰にだってあるでしょ、有名だけど聞いたことがない話って」

「…………だ」

「え？　聞こえない」

改めて言うとなると、恥ずかしすぎて緊張してくる。

もっと軽い雰囲気だったり、からかっているときであれば言えるのだが……。

「おいリク、こら」

「…………あ、赤ちゃん」

「は？」

「赤ちゃんができる行為のことだ」

「は、はぁあああ⁉　ば、バッカじゃないの⁉　まじバカ‼」

顔を沸騰させ、勢いよく立ち上がったカナは全力で叫んだ。

…………こうなったら開き直るか。あえて堂々といこう。

「おいカナ」

「…………なに？　変態！」

「高校二年生になってまで恥ずかしがることじゃない」

「平然と言うことでもないでしょ！　てか、言い方が生々しいわ！」

「生命の神秘を否定するのか？」

「アンタの言い方を否定してんの！」

はぁ、はぁ、と息を荒くしたカナは深呼吸を繰り返し、その場に座り直した。

あえて堂々と行くオレの作戦は成功したようだ。

「まだ……早くない？　付き合ってまだ数日じゃん」

「彩奈の記憶喪失以前の時期も含めたら、数ヶ月だ」

「そうかもしんないけど……。う〜ん」

カナは何かを言いたそうに腕を組み、唸《うな》り声を発する。思ったよりも否定的な態度だ。

いや、否定的というよりは嫌そうな雰囲気だな。

「………ひ、避妊は……？　ゴム的なあれ……買ってんの？」

「ハッ────！」

めちゃくちゃ現実的な指摘が飛んできた。そう、それは重要だった……！

いや、待てよ────。

「彩奈が買ってるかも……？」

「い、いやいや！　あの彩奈が？　ないってば！　あんなうぶな子が……！」

「海の帰り、コンビニに寄っただろ？」

「なんか彩奈、挙動不審になってレジに行ってたんだよ。……多分買ってる」

「うん。それが？」

「うそー……」

「うぶだからこそ、いざ振り切ったときの行動力はすごいんじゃないか……？」

カナは口端をピクピクとさせ唖然《あぜん》としていたが、反論はしてこなかった。

もしやという考えが浮かんだのだろう。

オレもありえないと思う一方で、意外と振り切ってきてもおかしくないと思っている。

「……お、お互いを知ることって大切じゃない？　まだそんなに知らないでしょ、お互いのこと……」

「オレもそう思うし、彩奈もそう言っていた」

「でしょー？　なら今回は――」

「でも……人生、何が起きるかわからないから、したいことはしておくべきだとも言っていた」

「くっ、彩奈の言葉だと思うと無視できない」

「だなぁ……」

彩奈ほど波乱万丈な人生を送っている高校生なんて、そうはいない。

本当に説得力があるよな。

「てか……したいことって……彩奈、ちゃんと興味持ってたんだ。そういうことに……」

「確かに。ま、恥ずかしがるってことは、それだけ意識してるってことだろ」

「うっ」

オレの言葉はカナにも突き刺さったらしく、うめき声を漏らした。

「……やっぱ良くない」

「どうして？」

「………どうしても」

「それじゃわからないって。ちゃんと言ってくれ」

「うっさい！　良くないと思う！　それだけ！」

「意味がわからないぞ。めちゃくちゃだ……」

「い、いいから！　まだするなよ！　あ、赤ちゃんができることは……！」

つばを飛ばす勢いでそう叫び、念を押してきた。その態度に違和感しかない。

「……やけに否定的だよな。何か理由があるのか？」

「もうちょっと時間をかけた方がいいと思うだけ！　協力者の意見を無視するな！」

「なんか、おかしいぞ。今まではもうちょっと理屈があったし、カナなりの信念みたいなものがあった。でも今のカナからは……子供が駄々こねているような感じがする」

「はぁ⁉　駄々こねてねえし！　リクが軽くてダメな男だとは思わなかった！」

怒声に近い声でそう叫ぶカナ。ふんわりとした意見で否定され続け、さらにダメ呼ばわり……。さすがに胸にくるものがあった。

「オレがダメな男なのは否定しない。だけど、そこまで言われるのはショックだな……」

「……いや、その…………ッ！」

何を言おうとしたのか、カナは言い淀《よど》んでしまう。

そして立ち上がると、逃げるようにして小走りで去ってしまった。

遠ざかる足音を聞いて首を傾《かし》げるしかない。

まあ……カナのうぶな反応、ということか。

「………」

高校生で経験する人は割と多いと聞くが……どうなんだろうな。

カナは結構堅いタイプなようで拒否反応を示した。

茶化しながらも応援してくれると期待していただけに、さっきの言われ方は傷つく。

「やめるのも違うよなぁ」

あの彩奈が勇気を振り絞って、自らの意思でオレの部屋に来てくれるのだ。

それをこっちの理屈で突っ返すのも違う気がした。

「……どうしたらいいか、わからなくなってきた」

こんなにも誰かのアドバイスが欲しいと思ったのは、生まれて初めてだった。

「――――」

不意に頭がクラッとした。意識が一瞬だけ飛ぶような感覚。

考えすぎて頭がオーバーヒートしたのかもしれない。

◇　◇　◇

リクから逃げ、自分の部屋に駆け込む。
電気をつけることなく布団《ふとん》の中に潜り込み、世界を遮断した。
リクと彩奈が結ばれる――。
喜ばしいのに、もやもやする。
そしてリクから今晩の話を聞かされ、もやもやは一気に嫌悪《けんお》感へと変化した。
……ううん、嫌悪感とは少し違う。
ふと浮かぶ言葉は――嫉妬。
「……くそ……くそ、くそ……！」
これまでの自分の行いが走馬灯のように思い出される。
変にリクを意識して、無駄に触れようとして、挙句にバスの中での行動……。
最低極まりない。さっきの言動もありえなかった。
アタシらしくない理不尽な発言を繰り返し、リクを困惑させてしまった。

「何してんだよアタシ」

最初は頼りない男だと思っていた。実際に頼りなかった。

でも自分の弱さを見つめ、前を向いて懸命に頑張ろうとしていた。

自分が辛《つら》い状況に追い込まれても、他人を気にする男で……。

笑って、ふざけて、変な言動をして、泣きながら自分を責めて……。

あんなダメ男に分類されそうな男なのに！

「くそ……ありえないでしょ……あっちゃいけないでしょ……！」

――リクを好きになってしまった。

協力者になると宣言しながら、親友の彼氏を好きになるなんて……！

二人に問題は起きてほしくないし、アタシの存在が問題になるのは絶対に許せない。

リクと彩奈、あの二人こそ幸せになるべきで――順風満帆な人生を送ってほしい。

酷《ひど》い運命に振り回されてきた二人は、もっともっと幸せになるべき。

敵は……あの二人の敵になる存在は、アタシが排除する。

……そのつもりでいたのに。

「……死ね、死ねよ……くそ。死んじまえよ、アタシ」

布団の中でアタシは、怒りを込めて呪詛《じゅそ》のように呟《つぶや》く。

収まらない激情を静かに吐き出し、自分自身に殺意を向ける。

「彩奈の好きな人を……リクを、好きになっちゃダメでしょ……！　くそ、死ね……死んじまえ。アタシなんか、死んじまえ……！」

◇◇◇

「もうすぐ日付が変わる……リクくんの部屋に行かなくちゃ」
スマホで時間を確認したあたしは、微《かす》かに震える手でドアを開ける。
今からリクくんと何をするのか、それを想像するだけで目が回りそうだった。
……念入りに体は洗ったし、多分大丈夫。
そう自分に言い聞かせ、一階に下りて添田さんの部屋に向かう。
念のために添田さんが眠っているか確認したかった。
これからのこと、添田さんとカナには知られたくない。
慎重にドアを開け、中を確認する。
暗闇ではっきり見えなかったけど、部屋の中央、敷かれた布団の中に人は確認できた。
ホッと息を吐き、二階に上がる。今度はカナの部屋へ。

もしかしたら起きているかも……？
眠っていてほしいと祈りながら、音を立てないよう丁寧にドアを開けた。
顔を出せる程度の僅かな隙間から、中の様子を窺《うかが》う。
「………？」
どこからか漏れたような声が聞こえた。
目を凝らして真っ暗な部屋の中を確認すると、こんもりと膨らんだ布団を発見する。
あの中に人が蹲《うずくま》っていそうな膨らみ——カナだ。
一人で何かを喋《しゃべ》っている。何か不穏な空気を感じ、耳を澄ませた。
「リクを……好きになるな……くそ……死ね、死ね……アタシみたいな女は……！」
それは怒りと殺意が凝縮された、凄《すさ》まじい自己嫌悪だった。
布団の中からでも漏れ聞こえるほどの重い言葉で、あたしの心を激しく揺らす。
………そっか……。
優しくドアを閉め、部屋の前から離れる。
もうリクくんのところに行けないや。
「………」
自分の部屋に、帰ることにした。

廊下を歩いている途中、一瞬だけ頭痛に襲われた。静電気のような微かな痛み。

「……なに…………え？」

頭痛と共に、何かの映像が頭の中で再生された。本当に一瞬。

今となっては、その映像を全く思い出せない。

「あたし………やっぱり変だよ」

ふと軽い頭痛に襲われ、何かを一瞬だけ思い出すことが何度もある。

それはリクくんとカナが来る前からのことでもあった。

何かの病気？　そんな不安に襲われる一方で、とても大切なことを忘れているような気もしていた。

色んな感情がグジャグジャになり、リクくんに甘えたくもあった。

日々自分の中で大きくなる違和感。その正体は今もわからない。

五章　逃走

「ふっ……もう朝か」

丁寧に敷かれた布団。その上で正座をしているオレは、小鳥のさえずりで朝がきたことを知る。そうか、朝になってしまったか……。あはは。

「ついに彩奈《あやな》は来なかったな……はは」

どうして来なかったんだろう。普通に考えて、直前で臆した可能性が高い。

必死に行ってきたイメージトレーニングは無駄になってしまった。

残念な気持ちは一切ない。むしろ緊張感から解放されたような爽やかな気分でいる。

「やはりオレはヘタレだったか……。彩奈はどうしているだろ」

今、彩奈がどのような気持ちでいるのか気になる。多分、オレの部屋に行かなかったことを気にしているのではないだろうか。ちょっとした励ましくらいはしておいたほうがいい。オレたちにはオレたちのペースがある。

「――お」

立ち上がろうとし、ふらっとして倒れかける。なんだか頭が重い。熱っぽいな。

ずっと起きていたせいかもしれない。これは……しんどいぞ。

「とりあえず下に行くか」

部屋から出て、階段に向かうべく廊下を歩く。

ちょうど彩奈も部屋から出てきた。ばったり遭遇する。

「あ……リクくん」

「オレ、気にしてないから」

「えーと………あっ……ごめんね、リクくんの部屋に行かなくて」

彩奈は思い出したように謝罪してくる。この反応、エロ本的なことをする目的を忘れていたな？　他に何か用事でもあったのかもしれない。

「昨日、何かあったのか？」

「……な、ないよ。本当に……」

「ならどうして来てくれなかったんだ？　責めてるわけじゃないけど、理由が知りたい」

「…………」

「オレのこと、嫌いになった？」

「ち、違う！　嫌いになってないよ……」

どこかネガティブな雰囲気を漂わせる彩奈に不安を覚え、思わず聞いてしまったが、即座に否定された。

「リクくんのこと、好き……すごく好きだよ……」

「ならどうして」

「カナが――――」

「カナ？　カナに何かあったのか？」

「ッ！」

まるで言ってはいけないことを言おうとしてしまった、そんな反応をする彩奈。

オレの問いかけに答えることなく、彩奈は慌てて階段を下りていった。逃げられたな。

「カナから何かを言われた……とか？」

昨日の会話を思い出す。大人の階段を登る話を聞いたカナは感情的に否定していた。

もしかしたら……カナはオレに黙って彩奈に話をしに行った可能性がある。

「………………」

だとしたら複雑だ。熱っぽいだるさと合わさって微妙な気持ちになる。

そんな気持ちのまま朝食の時間になったのだが、カナは一階に下りてこなかった。

彩奈から「リクくん。カナを呼びにいってあげて」と言われ、カナを迎えに行くことにする。これに関しても些細《ささい》な違和感があった。普通なら、彩奈が呼びにいくはずだ。

それは役割とか義務とかではなく、彩奈の人間性が表れた行動。

わざわざオレに行かせる意味がわからなかった。

「そういう気分だったとか？」

人間、気持ちで動く生き物だし、そういうものかーと納得し、カナがいるはずの部屋の前に立つ。ノックして返事を待つが、一向に反応が返ってこない。

仕方なくドアを開け、中に入る。

「カナ？」

異様な光景。山のように膨らんだ布団《ふとん》が、部屋の真ん中を陣取っていた。

あの中にいるのか。エアコンもないのにな。扇風機はあるが、あれだと風を浴びることはできない。恐ろしく暑いだろう。

「おいカナ。もう朝だぞ」

布団をつかみ、思いっきり引っ張る。中にいたのは蹲るカナだった。

汗でシャツが透け、丸まった背中の肌が見えている。

「おい、どうした」

「……アタシの……くそバカ…………くそっ」

「女の子がくそとか言うな……。おいカナ？　本当に大丈夫か？」

身動きせず、ぶつぶつと自分を責めるようなことを言うカナに恐怖を感じる。

オレはカナの左肩に手を置き、軽く揺すった。汗が染《し》みているが気にしていられない。

「カナー」

「…………リク？」

重たそうに顔を上げるカナ。目は虚《うつ》ろで生気を感じられない。

これは――いつか陽乃《はるの》がしていた目に似ている。

「どうした？」

「…………なんもねえよ」

「ないことはないだろ」

「…………なんもないってば」

ダメだ。何を言っても話は進まない。別の方向から攻めるしかないな。

「朝飯、できてるぞ。お腹《なか》空いただろ？」

「…………空いてない」

本当にダメだな。カナはダンゴムシのように丸まってしまう。

「オレ、カナが心配なんだよ」

「…………アタシに優しくするな」

「……水くらい飲めよ」

「…………」

返事はなかった。今はそっとしておこう。

カナの部屋から出たオレは、廊下を歩きながら現状を考える。

まず昨日、彩奈はオレの部屋に来なかった。

そして今日、彩奈とカナの様子がおかしくなっていた。

「二人の間に何かあったのは……確実だよな」

おそらくオレが部屋にいる間に、彩奈とカナは何かしらのやり取りをしたのだ。

その何かは今のところ不明…………。

「弱ったな……」

頭を悩ませるしかない。どう動けばいいのか迷っている間にも時間は流れていく。

あっという間に昼食の時間になった。今回はカナもいる。

四人でテーブルを囲むが…………気まずい。

添田《そえだ》さんが「おいしいねぇ」とのんびりとした口調で言い、彩奈が「……うん」と重く頷《うなず》く。カナは徹底的に無言で、誰にも目を合わせようとしない。地獄かここは？

昼食を終えた後、オレは再びカナの部屋に向かう。二人で話をしたい。

ドアが開かれていたので中を覗《のぞ》くと、荷物の整理を行っているカナがいた。バッグに着替えを詰め込んでいる。

「カナ？　なにをして……」

「明日、帰る」

「え、いきなりだな」

「別にいいでしょ。ここにアタシがいる理由もないし」

「理由って……。オレの協力をしてくれるんじゃないのか？」

「もうよくない？　リク、彩奈と付き合えたじゃん」

こちらに顔を向けず、カナは黙々と荷物整理を続ける。その姿は無心になろうとしているようにも見えた。途中、思い出したように口を開く。

「もし何かあったらアタシに電話して。話くらいは聞くし……必要だったら会いに行く」

「ちょっと待ってくれ。色々いきなりすぎる」

「……リクと彩奈が仲良くしてる……それでいいじゃん。もう……登ったんでしょ？　大人の階段ってやつを」

「登ってない」

「え――――」

手を止めるほど驚いたカナが、ようやくオレを見る。知らなかったのか。

「彩奈はオレの部屋に来なかった。それに今朝から彩奈の様子がおかしいんだ」

「……どうおかしいの？」

「オレから距離を置きたがる。今日、まともに話せていない。話しかけないでオーラが全開だ。辛《つら》い。

彩奈は意識的にオレを見ないようにしている」

「……照れてるとかじゃないの？」

「違う。そんな可愛《かわい》い雰囲気じゃない。カナ、彩奈と何かあったか？」

「何も」

短い返事だったが、ウソは言っていないように思える。じゃあ何があったんだ。

「あ、もしかしてあれを聞かれて――」

「カナ？」

「……いや、何も……ない。もういいでしょ、出ていって」

心当たりがありそうな反応をしたが、結局何も教えてくれない。カナはオレを遠ざけようとする。この状況に理不尽さを感じていたオレは、焦《あせ》りから思わずカナに詰め寄った。

「頼む、何でもいいから教えてくれ」

「く、来るな……」

「カナ！」

「うう……！」

オレが近寄った分だけカナは下がるが、すぐに背中を壁にぶつける。

逃げ場をなくし、小動物みたいな弱々しい雰囲気を発し始めた。

これまでの不良みたいな強気はどこにもない。

「や、やめろよ……。アタシ、何も知らないってば」

「うそだ。さっきの反応……絶対に知ってる。少なくとも心当たりはあるだろ」

「来るなぁ……！」

カナが両手を突き出し、オレの胸を押してくる。後ろに下がれない者の抵抗だった。

だがオレも下がるつもりはない。カナの両腕をつかんで抵抗できないようにする。

「教えてくれ。嫌な予感がするんだ」

「……や、やだぁ」

「――――ッ！」

薄く涙に覆われ、カナの両目が儚《はかな》げに潤む。そこには弱々しい女の子がいた。

「あれは……あの独り言だけは、絶対に教えられない……教えられないんだよ……」

これ以上迫れば本当に泣いてしまう。それがわかるほど、今のカナは弱っていた。

オレがつかんでいる細い両腕からも力が抜け、無抵抗になる。

両腕を離してあげると、カナはズルズルとその場に座り込んだ。

「アタシが……全部アタシが悪い。アタシがいなくなれば……問題ないから……」

たった一晩で何があったんだ。堂々としていたカナが、こんな姿になるなんて……。

気になるが、今のカナからは何も聞けそうにない。この場から立ち去るしかなかった。

◇ ◇ ◇

二人の間に何があったのかはわからない。

それを聞くことは、あの二人の様子からして無理だろう。

だとしても、お互いを親友と認める彼女たちが、このまま離れるのは良くない。

………そうだ、今こそカナに恩を返すとき。

しんどいとか言っている暇はない。何とかして仲直りするきっかけを作ってあげよう。

「どうやって……?」

必死に考えるが思いつかない。ただ、何かきっかけ作りは必要だろう。

考えながら家の中を歩いていると、居間にたどり着く。そこで添田さんが長方形の白い箱を運んでいた。それも二箱。テーブルに置き、一息ついている。

「添田さん。なんですかそれは」

「これはねぇ、浴衣《ゆかた》よぉ」

「浴衣？」

「ええ、洗剤と間違えて浴衣を二枚買っちゃったのぉ」

「そうなんですね、洗剤と間違え――――え」

どんな間違いだよ。あらゆるパターンを想定しても間違えそうにない組み合わせだ。

「水着なら何とかなりましたが、浴衣は使い道ないですね……」

「そうねぇ。浴衣といえば、明日夏祭りがあるのよぉ。彩奈ちゃんとカナちゃん、着てくれないかしらぁ」

私はしんどくっていけないけどねぇと添田さんは軽い調子で笑ってみせた。

――――明日、夏祭り…………それだ！

「添田さん。その浴衣、二人に着てもらいましょう！」

「あらぁ……」

三人で夏祭りに行く。そして二人に仲直りしてもらおう。

夏の思い出作りにもちょうどいい。オレは天才だな！

早速彩奈に会いに行く。トイレから出てきたところを捕まえた。

「わっ、リクくん！　こんな場所で待ち伏せしないでよ！」

「だって彩奈、オレから逃げるだろ？」

「別に逃げてないけど……でも、その……手だけ洗わせて」

洗面所で手を洗う彩奈に、後ろから話しかける。

「明日、夏祭りがあるらしいぞ」

「そうなんだ」

「一緒に行かないか？　添田さんから浴衣を借りてさ」

「…………」

「もちろんカナも誘うよ。三人で行こう」

「……あたしは……行けないや……」

「どうして？」

「人混み苦手だし……。カナと二人で、行ってきたら……！」

苦しそうに言う彩奈。明らかに無理して言っている。鏡に映る彩奈の顔も苦渋に満ちていた。何に悩んでいるんだ。全くわからない。

カナと何かがあった結果、オレとカナから離れようとしているのはわかるんだが……。

「彩奈と一緒に行きたい」

「…………」

「彩奈」

「あたしも────ッ」

咄嗟《とっさ》に彩奈は、自分の額を押さえた。これはまさか────。

「大丈夫？」

「……うん、大丈夫。大丈夫だから…………！」

顔を伏せたまま、彩奈はオレの横を小走りで通り過ぎる。

追いかけることを許さない雰囲気だった。

「……嫌な感じがするぞ」

焦る気持ちを抑えることができず、今度はカナのもとへ。

カナは縁側に座り、ポケーッと空を眺めていた。

「カナ。話がある」

「…………ん？」

「明日、夏祭りに行こう。三人で」

「……彩奈と二人で行きなよ。アタシはお邪魔でしょうが」

「オレは三人で行きたい」

真剣に言ったが、カナは空から視線を外さなかった。

「無理。もうアタシに……近づくな。てか明日帰るし」

「…………」

こちらもダメそうだった。どうしたらいいのか全くわからない。

別に三人いつまでも一緒にいたいわけじゃない。

険悪なままでバラバラになるのを避けたいだけだ。

◇◇◇

夕食。四人でテーブルを囲むものの、やはり気まずい雰囲気が場を支配していた。

唯一添田さんだけは朗らかな表情でご飯を口に運んでいる。

…………これが最後のチャンスか。オレは意を決する。

「三人で夏祭りに行こう」

「……無理って言ったじゃん」

「……あたしも……」

「なぜだ。夏の思い出を作りに行こうじゃないか！」

「いっそ一人で行けば？」

「無慈悲かよ」

「……カナは行かないの？」

「……行かない。彩奈は行かないの？」

「…………」

無言で頷《うなず》く彩奈を見てカナは何とも言えない表情を浮かべた。そして、ついに言った。

「アタシ、明日帰るよ」

「え……」

「だから彩奈、何も遠慮せずリクと仲良くしな」

「あたしは別に……」

何だかお互いにぎこちなく譲り合うようなやり取りだった。見ていてもどかしい。

彼女たちがこうなってしまった問題がわからないから余計に……。

仏のような性格をしているオレも、さすがにイライラが募る。

「いい加減にしろよ、二人とも」

「「え」」

自分でも驚くほど低い声が出てしまった。

彼女たちもドキッとしたように、視線をオレに向ける。

「明日、夏祭りに行くぞ」

「だから――――」

「もし行かないなら……毎晩夜泣きする」

「…………は？」

「めっちゃ泣くぞ？　毎分二人に電話してかまってアピールするぞ？　いいんだな？」

「…………リクくんなら本当にしそう」

「てか、するでしょ……はぁ」

オレの脅しに二人はため息をつく。お互いに顔をチラッと見て、諦めたように頷いた。

「行けば……いいんでしょ」

「ああ、そうだ」

「でも明後日《あさって》、帰るから」

「…………」

「リクくん、ほんと強引な男の子だね」

「彩奈も行くんだな？」

「行くよ……うん」

かなり強引にことを進めたが、何とかなったらしい。

今回に関してはこれが正解だった気がする。

わけがわからないまま、誰かが不幸を背負い込むよりマシだ。

◇◇◇

夏祭り当日になり、準備ができたオレは玄関から外に出る。

ふと頭上を見上げると、陽《ひ》が落ち始めた空は暗さを増しつつあった。

夏祭りは山の近くにある神社で開催されるそうだ。木々に囲まれているらしく、自然と一体になった神様を感じられると添田さんは言っていた。

「……しんどい」

実は頭が重い。確実に体調不良だ。前から熱っぽさは感じていたが、さらに症状が悪化したらしい。正直、部屋で水を飲みながらのんびりしたい。

だが、ここが踏ん張りどころ。頑張らねば。

「お待たせ、リク」

玄関から現れたカナは浴衣を着ており、そのことを恥ずかしく感じているのか、頬が赤くなっていた。

「お、カナ」

「うす……」

手を軽く上げ、こちらに歩み寄ってくる。カナが着ている浴衣は大人の女性らしい印象だった。黒い生地に、いくつもの赤い花が描かれている。合わせるように帯も赤色だ。

「なんか変な感じ……茶化すなよ」

「茶化さないって。可愛《かわい》いよ」

「くっ……！　彼女がいるくせに、他の女に可愛いとか言うなよ」

「ごめん……」

ジロリと怒ったように睨《にら》まれ、頭を下げて謝る。良くないことだったたか。

「ごめんね、待たせたかな」

満を持して登場する彩奈。着ている浴衣は薄い桃色と白色の印象が強い椿《つばき》柄だった。

カナとは違い、こちらは可愛らしい女性といった感じか。

「すごいな……浴衣を着ているだけなのに、普段より大人っぽく見える」

「そうかなぁ」

「めっちゃ可愛い。写真撮っていい？」

「ど、どうぞ……？」

スマホを手に、色んな角度から彩奈を撮影する。恥ずかしそうにうつむく仕草もグッドだ。うぶな反応で頬を赤く染めているのも可愛い。この可愛さはぜひ写真にして保存するべきだ。……しまった、水着姿の方も撮っておけばよかったな。

「んだよ。アタシにはそこまでしなかったくせに……」

「え？」

「な、なんでもねー。あーもうくそ、なんなんだアタシは……！」

自分に対して苛立《いらだ》つカナ。一体どうしたのだろうか。

急激な変化とも言えるほど、この数日間におけるカナの態度は変わっていた。

「じゃあ行くか、夏祭り」

「「……………」」

「おい」

「「本当に行くの？」」

「ハモるなよ……。いいから行くぞ」

オレは率先して歩くが、二人は気まずそうにその場に立ったままだ。

ちょっとイラッとした。

「ここまで来てためらうなよ。ほら、これでいいな」

「「えっ⁉」」

二人の手を強引に握ってやる。右手に彩奈、左手にカナだ。

「ちょ、こらリク……アンタ何をして……！」

「り、リクくん！　これは、よくないんじゃないかなぁ⁉」

「こうでもしないと出発できないだろ。ほら、添田さんが玄関から見ているぞ」

後ろを見ると、「おやぁ。まだ行かないねぇ」と添田さんが心配そうな顔をしてオレたちを見ていた。

「で、でもねリクくん。これを他の人に見られたら……変に思われないかなぁ？」

「二人を縄で縛って連れていくよりマシだろ」

「そこまで考えてたの⁉　強引どころじゃないね！」

「オレはやると決めたことは意地でもやり抜く男だ」

「そのやる気、もっと他に使い道があると思うよ……」

呆《あき》れた感じの彩奈。一方でカナは――――。

「くそ、アタシまじ単純……手を握ら――だけでうれ――とか……！」

悩ましげに頭を掻《か》きむしるカナは、隣にいるオレですら聞き取れないほどの声量でそう呟《つぶや》いていた。苛立っているようでもあり、嬉《うれ》しそうでもある。よくわからないな。

「カナ?」

「な、なんでもない!　行くなら行くぞ!」

ドスドスと強い踏み出しで歩き出すカナ。手を繋《つな》いでいるのでオレと彩奈も歩くしかない。ただ、チラッと見えたカナの横顔は赤くなっていた。

「…………」

「彩奈?」

「ううん、何もないよ」

様子に違和感があったので声をかけたが、彩奈は取り繕ったような……無理した笑顔を作った。……ああ、その笑顔は見たことがあるぞ。相手のために遠慮している笑顔だ。

…………何を遠慮している?　何を無理しているんだ。

カナと彩奈の間に生じた問題がわからない以上、今のオレには想像するしかない。

◇　◇　◇

小学生のように仲良く手を繋いで歩くオレたち。

ほどなくして夏祭りの開催地に到着する。道からでも敷地《しきち》内に並ぶ屋台を確認でき、行き交う人々で盛大に賑《にぎ》わっているのがわかる。

道の脇に佇《たたず》むオレたちを変に思ったのか、通り過ぎていく一部の人たちがちらちらと見てきた。そりゃそうだ。本当に小学生なら微笑《ほほえ》ましく感じるだろうが、高校生のオレが同じ年代の女子二人の手を握っている。どんな関係なのか、気になるのは当然だ。

自分たちの現状に敏感な彩奈とカナは、頬を赤らめ、うつむいていた。

「おいバカリク……もう手を離せよ」

「リクくん……さすがに恥ずかしいかも」

「逃げるなよ？」

「逃げねーよ……ここまで来たら最後まで付き合うっての」

その言葉を信じ、手を離す。解放された手を、カナをジッと見下ろしていた。

「あのリククくん？　あたしの手は……？」

「え、彩奈も離してほしいの？　オレたち、恋人なのに」

「今はほら、カナもいるし……ね」

オレにだけ聞こえる小声で、彩奈はそう言った。

気を遣っているのか、もしくは気まずいのか……。

少し不満に感じたが、渋々彩奈の手も離す。

「ふぅ……よし」

熱と共に息を吐き、意識を切り替える。歩き出そうとし、不意に袖を引っ張られた。彩奈だ。なぜか心配そうな顔をしている。

「大丈夫？」

「……？　大丈夫だよ」

「そっか。ムリしないでね」

まさかオレの体調不良を察したのか？　表に出さないように頑張っていたが……。

「リク、行かないの？」

「行く。行くに決まってる。まずはりんご飴《あめ》を食べたい」

「早速りんご飴かい……」

目的を持って歩き、りんご飴の屋台を発見して向かう。カナがいらないと首を振ったので、オレと彩奈の二人分を購入した。どう食べようか悩み、自分のりんご飴を見つめる。

「ん？　どしたのリク。食べないの？」

「食べ方がわからない」

「は？」

「飴ごとかぶりつくのか、まずは飴を舐《な》めるのか……地味に悩む」

「どうでもいいわー」

なんとなく彩奈に視線をやる。なんとも幸せそうな顔で、りんご飴をチロチロと舐めていた。……オレも舐めて食べるか。適当に歩き回り、次は射的ができる屋台に移動した。

「リク、射的できるの？」

「それは今からわかることだ」

「やったことないんかい……」

「リクくん、りんご飴持ってあげるよ」

彩奈の親切心に甘え、りんご飴を渡す。

金を払い、屋台のオッサンから銃を受け取った。……コルク弾はどんな感じで詰めるのだろうか。迷ったオレは他のお客さんの動きを見て真似《まね》る。準備はできた。

「がんばれー」

「オレの後ろに立つな………！」

「ガチじゃんこわ」

狙うは長方形のお菓子の箱。できる限り景品との距離を詰めるため、身を乗り出して引き金を引く。ポンッと音が鳴り――――。

撃たれたお菓子の箱は、微妙にズレただけに終わった。

「よし当たった！　ゲットだ！」

「いや落とすの！　当たっただけじゃダメだから！」

「まじかよ」

「アンタまじで何も知らないじゃん……。初心者にもほどがあるでしょ」

確かに初心者だが、初めての射的でヒットさせたのだ。これは自分の才能に期待ができるぞ。それからワクワクしながら三回撃つが――――どれも当たらなかった。

オレの下手くそっぷりに屋台のオッサンも苦笑い。

他のお客さんは楽しそうにしているのに、オレだけマイナスオーラで沈んでいた。

「なぜだ……！　全く当たらない……！」

「あーもう、色々ダメ。そもそも構え方が酷《ひど》い」

呆れたように言ったカナが、オレの隣に立ち身を寄せてくる。

どうやら射的のやり方を教えてくれるらしい。

「リクさ、あの景品のどこを狙ってる？」

「そりゃ真ん中だ」

「それも悪くないけど、あれだと角を狙うのがいいよ。回転して落ちやすくなるから」

「なるほど……！」

「あと構え方。脇締めて」

　自然な流れで体を密着させてきたカナが、オレの両腕を押さえてくる。

「カナは射的が得意なのか？」

「得意ってほどじゃない。ほら、両肘を台につけて固定すんの。足ももうちょっと開いて
……」

「わかりました先生」

「先生言うな。あとは狙いを定めて……力み過ぎずに引き金を引く」

　カナに言われるがままに、景品に狙いを定めて引き金を引く。

　ポンッと鳴った直後、景品は押されるように半回転し、台から落下した。

「すごい……！　カナに教えてもらったら一発で当たったぞ」

「ま、こんなもんでしょ」

　得意げにするカナを見ていた屋台のオッサンが、オレに向けて笑う。

「頼もしい彼女じゃないか。頑張れよ」

「あー……」

「は、はあ⁉　アタシ、彼女じゃないし！　彼女はこっち！」

半ギレで言ったカナは彩奈に指をさす。その剣幕にビビッた屋台のオッサンは「すみません……」と小さくなりながら謝った。もうこの空気で射的を続けるのはムリだな……。

さっきのが最後の一発だったので、ちょうどいいか。

屋台のオッサンから景品のお菓子を受け取り、三人で射的の屋台から離れる。

「射的、面白いな」

「五百円払って、百円程度のお菓子しか手に入らなかったけどね」

「いいんだよ、オレは楽しさを買ったんだ。……彩奈、りんご飴ありがと。どっちがオレのだっけ？」

「………あれ？　どっちだったかな」

両手のりんご飴を見比べる彩奈だが、正解はわからない様子。二人とも舐めて食べていたので形に変化がない。大きさも同じくらいなので判別がつかなかった。

「えと、じゃあこれ！」

差し出されたりんご飴を受け取る。本当にこれか？

正直怪しいが、彩奈の判断を信じることにした。

人混みの中、三人で歩き始めたが、隣にいる彩奈は手に持つりんご飴をジッと見つめながら歩いている。そして意を決したようにペロッと舐めた。その頬はりんごのように赤い。

しかも「やっちゃった……」とか呟いている。

……え。まさかオレが今持っているりんご飴は――。

「早く食べなよリク。いらないならアタシにちょうだい」

「食べる、絶対に食べる。これはオレのりんご飴だ……！」

「なにその必死さ」

カナがドン引きしているが、どうでもいい。

しかし舐める勇気はなく……男らしくかぶりついた。

ふと視線を感じて横を見る。彩奈と目が合った。

「ぁ」

すぐに視線を逸《そ》らし、彩奈は自分のりんご飴を舐め始める。

なにがとは言わないが、意図的だなこれは。

りんご飴を消化しつつ、祭りの空気に溶け込みながら屋台を見て回る。

やがてりんご飴を食べ終えた頃、カナがとある屋台に指をさした。

「金魚すくいじゃん。定番だよねー。彩奈、得意だったでしょ」

「ちょっとだけ自信あるかなぁ」

「じゃあリクに教えてあげな。リク、絶対に下手くそだから」

「決めつけるなよ。まだわからないだろうが」

「ふーん。ちなみに何回くらいやったことある？」

「堂々の0回だ」

「やっぱりね。キョロキョロして歩いてるから、おかしいと思ってた。リク、お祭りに来るの初めてでしょ」

「初めてじゃないけど、小さい頃にしか行ったことがないな。それも陽乃が遊ぶ姿を見ていただけだ」

「……………陽乃？　ひょっとして、春風《はるかぜ》さんのこと？」

「あー……うん。そう……」

「そっかそっか。もしかして、以前付き合ってた女の子は春風さん？」

「……はい」

「そっかぁ」

とくに態度を変えることなく、あっさりと彩奈は納得していた。

嫉妬や不満を見せないのが逆に違和感を覚えさせる。

「今は金魚すくいでしょ。ほらほら」

「そうだな。こう見えてもオレは金魚すくいに自信がある。任せろ」

「やったことないんでしょーが。根拠なき自信じゃん」

カナに見守られながら、オレと彩奈は金を払ってポイを受け取る。

カッコイイところを見せるべく、オレは大きい金魚を狙うことにした。動きが止まった瞬間を狙い、金魚の後ろからポイを水中に突っ込み、すくい上げようとしたが――――。

「あ！」

呆気《あっけ》なく和紙はやぶれ、金魚は落下。水中に潜った金魚は悠々と泳いでいく。

「リク、意気込んでた割にやっぱ下手くそじゃん」

「つまり成長の余地がまだまだあるってことだな」

「ポジティブすぎるでしょアンタ……。そこは素直に尊敬するわ」

「リクくん。大きい金魚は狙っちゃダメだよ。まずは小さい子にしなくちゃ」

金を払い新しいポイを受け取っていると、隣にいる彩奈が真剣な眼差《まなざ》しを金魚たちに向けながら淡々と言った。もはやプロの人だ。いっそ気迫を感じるぞ。

「ポイはね、裏表を交互に使うの。そして水面《みなも》に近い小さい金魚を……」

一人のハンターになった彩奈は、獲物に狙いを定めた。

哀れにも狙われた金魚は能天気に泳いでいる。

「金魚の正面から、斜めにポイを入れて――――」

彩奈は一瞬で金魚をすくい、サッとお椀《わん》の中に放った。

目にも留まらぬ早業。得意なのはエアホッケーだけではなかったらしい。

それからも彩奈の勢いは止まらない。次々と金魚をすくってお椀の中に放り込んでいく。

近くにいた子供たちから「すげー!」と称賛されていた。

オレも負けじと頑張ってみるが、一発目でやぶれた。

小さい金魚を狙ったつもりなのに……。

「どんまい、リク」

「…………」

オレ、いいところないなー。自信満々にダサい姿を披露しているだけだ。

結局、彩奈は金魚を一匹ももらわなかった。育てる環境がないとのこと。

「すごいよな彩奈。金魚すくい上手すぎだろ」

「あはは、お父さんに教えてもらってね――――あれ」

突然だった。彩奈の目からポロリと涙がこぼれる。

「あ、あれ? おかしいなぁ。あたし、なんで泣いて……!」

「彩奈、これ」

指で目元を拭う彩奈にハンカチを手渡すと、「ありがとう」と言ってハンカチを受け取ってくれた。記憶が戻りつつあるのか、それとも…………。

オレの存在関係なく、彩奈の心は不安定な気がする。

明るい雰囲気が微妙なものに変化したのを感じた。

カナもそれを感じたのか――――。

「リクと彩奈、二人で回りな」

「ううん。リクくんとカナ、二人で行って。あたしは休憩したいから」

「そう？　あ、だったら二人で休憩しなよ。アタシは他の屋台を見てくる」

「だったらリクくんを連れていってあげて。リクくん、まだ遊び足りないと思うの」

「いやいや、リクは彩奈に任せるよ」

「ううん。カナの方が適任」

なにこれ？　なぜ二人はオレを押し付け合っているんだろうか。泣いていいですか？

「いや彩奈が――――」

「ううん、カナが――――」

ついに二人は物理的にオレを押し付け合う。左右からオレの体をググッと押し、相手になすりつけようとしていた。さすがに我慢ならない。

ふらっと頭から倒れそうになるが、

「やめ――――ッ」

やめろ！　そう叫ぼうとしたが、全身の力が抜ける。ふらっと頭から倒れそうになるが、すぐに肩をつかまれた。彩奈だ。倒れる直前、彩奈に支えられた。

「やっぱりしんどい？」

「………ごめん」

「休憩しよっか」

彩奈の優しい声に促され、オレは頷《うなず》く。一段と体が重くなり、頭の痛みも増している。自分の体調を気にしないようにしていたが、それができないほど熱が上がっていた。オレは二人に肩を貸してもらいながら、落ち着ける場所を求めて歩くのだった。

◇　◇　◇

辿《たど》り着いた場所は駐車場の片隅だった。

賑《にぎ》やかな騒ぎが遠くから聞こえ、緩やかな夜風が火照《ほて》った肌に心地よい。

「彩奈、水をもらいに行くってさ」

「うん……」

角に座り込むオレは力なく頷く。しんどさが増し、自分の吐息が熱く感じられた。

「疲労だよ」

「…………疲労？」

「リクは精神的な負担をずっと背負って……こっちに来てからも動き回ってた。体調を崩してもおかしくないって。多分、彩奈と付き合い始めて気が緩んで……疲労で熱が出たんじゃない？」

「…………そうかもな」

それはある気がする。彩奈と過ごす時間に浮かれていたのは事実だ。

「カナ……ごめんな。何も力になれない」

「え？」

「カナに助けられてきたのに…………」

「どういう意味？」

「彩奈と……喧嘩《けんか》したんだろ？　ずっと避け合ってるじゃないか」

「喧嘩はしてないけど……」

「些細《ささい》なことでもいいから、二人が仲直りできるきっかけを作りたかった」

熱に浮かされたように、オレは夜空を見上げながら言う。

「下手くそすぎ…………」

オレの隣に屈《かが》んだカナは、そう言って呆《あき》れていた。

「ごめん」

「謝るな。アタシが悪いから…………全部アタシが悪い」

「自分を責めるとか、カナらしくないぞ」

「アタシらしくないってなに？」

「カナは自分に自信を持っている女の子で……自分の意見を言える強い人間じゃないか。そんなオレみたいに卑屈なことは言わないだろ……」

「言うよ。だってアタシ、最低だし。ううん、最低だと気づいたの」

カナは痛みに耐えるような、歪《ゆが》んだ表情を浮かべていた。

「アタシ、まじでクズだから。それも信じられないくらいに。二人の事情を知っていて、協力者になると宣言しながら……」

「何のことだよ。何かあるなら言ってくれ。頼む……」

意味もわからず亀裂が入ったオレたちの関係。こんな理不尽は嫌だ。

切実な思いからカナに言ってほしいとお願いする。

思いは届いたのか、カナは数秒ほど目を閉じた後、ゆっくり目を開き、オレに顔を向けた。そして違和感があるほどの真顔で、カナは言う。

「リクが好き……」

「────」

何を言われたのか、理解するのに時間がかかった。

カナは罪悪感を覚えているような、申し訳なさそうな顔をし、言葉を続けた。

「……リクを好きになっちゃった。ごめん」

「ごめん……って。え？」

オレから視線を外したカナの頬に赤みがさす。オレを好きに────。

バシャッと物を落とした音が正面から聞こえ、思考が途切れる。視界の端に、地面に転がる紙コップが映った。水が飛び散りアスファルトを濃く染めている。

顔を上げると、こちらを見つめる彩奈がそこにいた。今の会話を聞いたらしい。彩奈の呆気にとられたような顔が、緩やかに取り繕った笑みに変わっていく。

「あ、あはは。えと……ごめんね」

「あ、彩奈、違うの！　アタシ────」

「ッ！」

歩み寄ろうとしたカナに背中を向け、彩奈は全力で走っていく。

浴衣《ゆかた》を着ているとは思えない速さだ。

運動神経は良い方だと自分で言っていたが、こんな形で目にするとは思わなかった。

「彩奈、待って‼」

「カナ！　話はまた後で！」

「リク――――」

迷っている暇はない。絶対に追いかけるべきだとオレでもわかった。

重い体に鞭《むち》を打ち、立ち上がって走り始める。

彩奈が何を考えているのか、少しわかった。

なにかをきっかけにカナの想《おも》いを知り、オレに接することを遠慮していたのだ。

「どうして……くそ！」

どうせ身を引くかどうか、悩んでいたに違いない。

「もっと自分を大切にしろよ……！」

◇　◇　◇

彩奈を追いかけ、神社から外れた森の中に踏み込んでいく。

人気《ひとけ》は全く感じられず、灯《あか》りがないので足元が見えにくい。

「彩奈！」

何とか視認できる小さな背中を必死に追いかけ、目の前まで追いつく。浴衣のせいもあるだろうが、彩奈の走る速度が急激に落ちたおかげだ。

オレは後ろから彩奈を抱きしめ、動きを拘束した。

「やっ……リクくん！」

「いいから話を聞いてくれ！」

「何を……何を聞いたらいいの⁉」

「カナとオレは何もない！」

「知ってる……知ってるよそんなこと！」

叫びながら暴れる彩奈を抱きしめきれず、思わず離してしまう。

体力を使い切ったらしく、息を切らした彩奈は逃げることをやめ、オレと向き合った。

「いきなり逃げるなよ。まずは話し合わないとさ」

「………………」

「彩奈？」

「どうしたらいいか、わかんないよ……」

「どうもする必要はない。オレのそばにいてくれたら、それでいい」

「カナのあれを聞いてないリクくんには……わかんないだろうね」

「あれ？　あれって何だよ」

「………」

口を閉ざし、答えてくれない彩奈。カナも具体的に教えてくれなかった。

意味がわからない……本当に意味がわからない。

オレの知らないところで問題が起きている、そのことが腹立たしい。

「どんな事情であれ、オレは彩奈が好きだ。他の女の子と付き合うつもりはない」

これだけは変わらない事実。

彩奈に安心してほしくて言ったが、かえって不安にさせる。

「リクくんがあたしを好きな理由がわかんない。一目惚《ひとめぼ》れ……ってなに？」

「それは――――」

「リクくんの想いは伝わってくるよ。すごくすごく嬉《うれ》しい。だからこそ、おかしいと思うの。ただの一目惚れとは思えない……」

これまでのオレの言動から感じた違和感と、直感だろうか。

彩奈は懸命に考え、答えを出そうとする。

「変な話だけど……積み重ねな気がするの、リクくんの好きは。あたしたちが話すようになって、まだ数日なのにね……」

「うん……」

「それにね、たまに頭痛がして一瞬だけ何かを思い出すの。とても大切なことを忘れている気がする」

「………」

「リクくん、何か知ってるんじゃないの？　この前、あたしが何かを思い出そうとしたときに誤魔化そうとしたよね？」

この前――二人で散歩に行った日のことか。

記憶が消え感情が残っているからこその違和感。

そして日々を過ごすうちに、封じ込めていた記憶が漏れつつあったのかもしれない。

当たり前だが、オレがそばにいることも原因の一つだろう。

思い出してほしいけど思い出してほしくない。

その矛盾した気持ちが再びオレの中に甦《よみがえ》ってくる。

「リクくんとカナが来る前から……何かを思い出しそうで思い出せない……もどかしい気持ちに何度もなってるの。とくにリクくんを見たときから……もっと激しくなってる」

「わからない……わからないの。自分が何なのか、どういう状況に置かれているのかわからない！」

「彩奈……」

彩奈の悲痛な叫びが森の奥に吸い込まれていく。

記憶の違和感、記憶が戻りそうになる兆候、あらゆる感情の混ざり合い……彩奈はずっと一人で悩んでいた。付き合い始めてからの積極的な姿勢も、オレに縋《すが》りたい気持ちの表れだったのかもしれない。

彩奈の可愛《かわい》い姿に浮かれていたオレは、なんて能天気だったのか。

「ねえ教えて」

「なにを……」

「なんでもいいの……リクくんのことや、リクくんが知ってること。もうね、わけがわからないの。何を考えたらいいのかわからないし、カナのことや、自分自身のことも……」

自分のことで悩んでいたところ、親友であるカナの想いを知り……ついにパンクしてしまった……。今の彩奈からは、そんな感じがした。精神的に限界……なのか。

「リクくん、何か知ってるんでしょ？　あたし……もう……！」

目に涙を滲《にじ》ませ、彩奈は切実に訴えてきた。……言うしかない。

思い出さないなら、それでいいと思っていた。

しかし思い出そうとしているなら……思い出せずに苦しんでいるなら、言うしかない。

オレが言うことによって記憶が戻り、彩奈が泣き叫ぶことになっても――。

今度こそ離れない。その決意だけは固めておく。

ふぅ、と熱い息を吐き出す。

走ったせいか、より熱が上がった気がする。頭の奥がガンガンして吐き気もしてくる。

ここが正念場だと自分に言い聞かせ、口を開いた。

「全てを打ち明ける」

「ありがと……リクくん」

「その前に言っておきたいことがある」

「なにかな？」

「何があってもオレの彩奈に対する気持ちは変わらない。そして、決して自分を責めないでほしい」

「………うん」

オレの真剣な言い方にただ事ではないと察し、彩奈は緊張した面持ちで身構えた。

打ち明けることに恐怖を感じつつ、言う。

「オレたちは……もっと前から知り合ってる」

「もっと前から……？」

「ああ。それも中学生のときに……とある交通事故で」

「中学生……交通事故……」

口に含むように復唱する彩奈。

これからどうなるのかを想像し、心臓が張り裂けそうなほど暴れてきた。

「彩奈の両親が起こした交通事故で……オレの家族は亡《な》くなった」

「……え、え……え？」

「その後、彩奈の両親は自殺したんだ」

「な、何を言ってるの？　だってあたしの両親は出張で――」

「記憶を変えているんだ、彩奈は」

「――ッ」

「人間、耐えられない出来事に遭遇すると、記憶を都合の良いように改ざんすることがあるらしい。今の彩奈は……それをしている」

「う、うそだよ……うそだよ！　そんなこと……だって、だって！」

胸を締めつけられるほどの痛々しい叫び声だった。

彩奈は現実を否定するように首を横に振り、後ずさりする。

「本当だ……本当のことなんだ。でもオレは彩奈を――」

「いや！」

彩奈に手を伸ばしたが、腕を振り回して弾《はじ》かれた。

拒絶……耐えられない現実から目を背けようとしている。

「彩奈！」

「あ、あたし……？　私も……あのとき、だって……う、ぅぅ……帰り、車――！」

彩奈は頭を抱え、ぶつぶつと何かを言っている。

その姿を見るのは二度目――もうじき記憶が戻る。直感でわかった。

……………今度こそ逃げない。離れない。

なぜなら、本当の意味で星宮《ほしみや》彩奈に寄り添えるのは、オレだけなんだから。

独り言は収まり、電源が切れたように彩奈の動きが止まった。

森の静けさを思い出す中、彩奈はゆっくり顔を上げた。至って真顔だ。

そしてオレを見つめ、機械的に言葉を発した。

「黒峰《くろみね》くんて……あの黒峰さん？」

「――――」

他人行儀な言い方に嫌な予感が膨れあがる。

「彩奈！」

「あ、ダメ‼」

近寄ろうとした瞬間、鬼気迫る勢いで叫ばれた。驚いて足を止める。

「リクくん……ううん。ダメだよ、黒峰さん。私に近づいたら」

異常なほど落ち着いた彩奈は、優しさのある柔らかい笑みを浮かべていた。

……静かに涙を流し続けて。

「私に優しくする価値はないよ。謝っても許されないことをしたから」

「それは違う。事故だ、事故なんだ！　彩奈は何も悪くない！」

「ううん、私が悪いの。私がいなければ……」

自分を責める彩奈は、ゆっくりとだが後退していく。オレから離れようとしていた。

「待ってくれ！　オレは――」

「来ないで」

「どうして……！」

オレが足を止めている間も彩奈は後ろに下がり続ける。

物理的な距離だけではない。心の距離も離れていくように感じる。

危機感からの焦《あせ》りでオレは前へ進み――――彩奈の発言に驚かされた。

「あの事故は私のせいなの」

「え？」

「空き缶……私が放置していた空き缶が、ブレーキペダルの下に潜ったの」

「…………？」

「何かの拍子だった。振動で跳ねて、何かに当たって転がって…………ブレーキペダルの下に潜った」

今も涙を流す彩奈は、感情を乱すことなく淡々と語っていた。

対照的にオレは、聞かされる話を理解するにつれ鼓動が強くなるのを感じていた。

それでもなお、前に進むことはやめない。少しずつ、慎重に歩み寄る。

「お父さん、必死にブレーキを踏んでた。叫びながら必死に踏んでた。だから前を見る余裕がなくて、信号にも気づかなくて……黒峰さんたちに気づかなかった」

「……ま、待ってくれ。それ以上はもう……」

聞きたくない――――。

「お父さんは空き缶を踏み潰すくらいの力でブレーキを踏んだ。でも間に合わなかった」

「…………」

「あの事故は私のせいなの」

二度繰り返された言葉。

その冷静な一言は、オレの足を止めるのに充分だった。

足を止めると言っても、僅か一瞬。

一瞬のためらい。

その一瞬のためらいが、決定的だった。


「」


彩奈は、笑った。

諦念からくる笑い方だった。

「彩奈……！」

ついにオレに背中を向け、彩奈は走り出す。迷いが一切ない走り。

転倒を恐れず、自分の身を犠牲にした走りにも感じられた。

「まっ――――！」

オレも走り出そうとし、ふっと力が抜けて顔面から倒れる。咄嗟《とっさ》に両手を地面につけ、激痛に襲われた。手の平をすりむき、血が滲む傷口に土がめり込んでいる。

気にせず立ち上がろうとして――立ち上がれなかった。

力を入れているのに、全く体が動いてくれない。

おまけに意識が遠のく。無理を重ねた結果だった。

「くっ……彩奈……！」

どんどん小さくなる背中が暗闇の中に消えていく。

遠ざかる彩奈は自ら地獄に向かうようだった。

「……今、追いかけなくて……いつ追いかけるんだよ……！」

熱に蝕《むしば》まれたこの体は思いに応えてくれず、全く動かなかった。

気力を振り絞り手を伸ばすが、触れることはできない――。

六章　リクとカナ

目を覚ます。最初に見えたのは暗闇に覆われた天井。頭を軽く起こし、自分の体に被《かぶ》せられた布団《ふとん》を認める。辺りは暗いが、ここがどこか察した。

「……オレの部屋、か……」

正しくは添田《そえだ》さんの家。数日間泊まり、完全に馴染《なじ》んでしまった。

少しずつ目が暗闇に慣れてくる。カーテンの隙間から差し込む月明りのおかげでもあるだろう。周囲にある物の輪郭が暗闇の中から浮かんできた。

熱っぽいしんどさで頭が重く感じる。眠りにつくまでの記憶を思い出せない。

体を起こし、何となく右に顔を向け――「ひっ」と悲鳴を上げてしまった。

すぐ隣で、カナが正座していた。うつむいているので表情は確認できない。月明かりで頭頂部が照らされているのみ。不気味だった。

「カナ？」

「………ぐっ………ぅぅ……っ」

感情の噴出を必死にこらえているような、抑えられた声だ。

「大丈夫か？」

「……わからない……っ」

「わからないって何だよ。ていうかオレ、どうしてここにいるんだ？」

「彩奈《あやな》が大人たちを呼んで……倒れてたリクを運んでもらった。過労が原因だろうって」

「そうか……。彩奈は？」

「……もういない」

「……は？」

「……二時間くらい前に、出ていった。アパートに戻るって」

「どうして……？」

「彩奈から……事情を聞いた。事故の原因について……」

「──」

何があったのかを思い出す。

ぼやけていた意識が覚醒し、自分の不甲斐《ふがい》なさも思い出した。

「……あぁ、オレはまた……」

脱力し、崩れるように寝転がる。じわりと熱いものが目にこみ上げてきた。悔し涙だ。

なんて不甲斐ないのだろうか。

あの彩奈の諦念の笑み――――。

一瞬、ほんの一瞬ためらってしまった。事故の原因を聞かされて……。

これはオレの弱さだ。過去を割り切れていない――そのことが、あの土壇場《どたんば》で致命的なほど影響した。

「くそ、くそ……くそ！　オレは……オレは…………！」

あれだけ彩奈を幸せにしたいと思っていたのに。

またオレが、オレが彩奈を傷つけた……！

後悔と怒りで涙が止まらなくなる。まともに目を開けることすらできなくなった。

あのとき、迷わずに彩奈に歩み寄れていれば――――！

「…………違う、そうじゃないぞ」

今まで……今までオレは間違っていた。

記憶が戻り、狂乱したように泣き叫ぶ彩奈の姿は見たが、自分を責め、苦しむ姿は初めて見た。カナから話は聞いていたが、実際に見るとその悲痛さは言葉にできない。

どれだけ記憶を改ざんしても、感情は残っている。残り続けている。

ただ目を背けていると同じ行為。本質的に何も解決していない。

辛《つら》いことは思い出さなければいい？　……違う。全然違う。

彩奈を本当の意味で幸せにしたいなら……逃げちゃダメだ。
目を背けてもダメだ。乗り越えなければいけない。オレ自身が……！
交通事故のきっかけは彩奈。その事実は一生拭えないだろう。
どんな言葉でも言い繕うことは不可能だ。
しかし、誰よりも苦しんでいるのは、彩奈じゃないか。
自分を苦しめるために生き、辛い道に歩もうとする。
そんな彼女を必ず連れ戻す。人並みの幸せを得られる道へと。
「……泣いてる暇、ないだろオレ」
乱暴に手の甲で涙を拭う。ここで後悔していても意味がない。今すぐ追いかけよう。
もしバスや電車が動いていなかったら、走ってでも追いかける。
決意を新たに、再び体を起こしたオレはカナの異常に気づく。
「なにを……しているんだ」
カナは――――浴衣《ゆかた》を脱いでいた。
完全に脱ぎ去り、下着姿になる。
月明かりに照らされた胸は、白の下着に包まれながらも確かな膨らみを強調していた。
「は？　カナ、お前なにをして……」

まさに混乱の極み。視線を逸《そ》らすこともできない。

女性の体に目が釘付《くぎづ》けになっているのではなく、異様な光景から目を離せないでいた。

今度は――下着すら脱ぎ始めた。

カナは黙々と裸になろうとする。

もうオレは声を出すこともできない。

ハラリと床に落下するブラジャー。

カナの細指により、パンツもスラリとした脚を通して脱がされた。

月明かりがあるとはいえ、暗いことには変わらない。

暗闇にぼかされ、肢体の全ては見えなかった。見る余裕もなかった。

カナが全裸になった、その事実がオレに混乱をもたらす。

「…………」

「え」

一言も発さず、カナがオレの正面にやってくる。そして屈《かが》むとオレの両肩をつかみ、力強く押してきた。抵抗する心理的な余裕がなく、そのままカナに押し倒される。

……なにが、起きている？　なぜ全裸のカナに押し倒された？

疑問で頭の中が埋め尽くされる。

目と鼻の先にあるカナの顔を見つめ、気づく。暗闇でもわかるほど顔は赤くなっているが、何かしらの覚悟を決めた表情を浮かべていた。………なんだ？

やがて、カナの口が開かれる。

「リク、アタシと付き合え」

「――――は？」

「アタシで妥協しろ」

「意味、わからないぞ。本当に」

オレの疑問に答えることなく、カナは恥ずかしそうに言う。

「これでも顔とスタイルには自信がある……。彩奈ほどではないけど家事もできるし……喧嘩腰《けんかごし》になることは多いけど、本当に暴力を振るったことはない。あと、多分アタシは結構尽くすタイプ」

「いやいや、なに自分を売り込んでるんだよ。知らないって」

「リクとアタシって意外と相性良いと思うんだよね。気楽になんでも話せるじゃん？」

「おいカナ」

「あーやっぱ春風《はるかぜ》の方がいい？」

「一旦離れてくれ」

「別にアタシは二番目の女でもいいし、三番目でも――――」

「落ち着けって！」

「――――ッ」

　オレが大きな声を出すことで、カナは我に返ったように口を閉じた。

「何がしたいんだよ」

「………リク、必死に頑張ってるじゃん？　彩奈も」

「で……？」

　冷静に語り始めたカナに、聞き役に徹する。

「最初は……好きな者同士で結ばれるのが一番いいと思っていた。でも、二人を見ているとそうは思えなくなった」

「どうして？」

「リクが頑張って彩奈に近づくたびに、二人は傷ついている」

「………」

　否定できなかった。今回のことがあったからだ。

「もう見てられないの……。悲しすぎる。心が引き裂かれそうで……見ているだけで泣きそうになる」

ぽつん、と左頰に温かいものが落ちてきた。カナの目から落ちてきた涙だ。

「これ以上……二人には辛い思いをしてほしくない」

「オレに彩奈を諦めろと？」

「……それが……一番いいと思う」

申し訳なさそうに、けれどはっきりとカナは言った。

「そこからなぜ全裸になってオレを押し倒すことに繋《つな》がったのか理解に苦しむが……

でも一つだけ腹が立つことがある」

「なに……？」

「カナが自分を犠牲にしていることだ」

「……いいの、最低なアタシは雑に扱われてもいい」

「最低？　オレを好きになったことか？」

「うん。親友の彼氏を好きになるとか……最低でしょ」

「……そういうことも、あるんじゃないか？」

「リクと彩奈の事情を知った上で？　ありえないってば。普通の人間関係なら割とある話
だろうけど……アンタたちは違うでしょ？」

「だとしても——」

「リクにちゅうした」

「…………え」

「海の帰り。バスで寝ているリクの頬にちゅうした」

　思わぬ告白に黙り込むと、「ね、アタシ最低でしょ？　まじありえない」とカナは自虐的に笑い、さらに言葉を続けた。

「アタシ、リクが好き。だからこの行動は……アタシの欲望であることも否定できない……ごめん」

「…………」

「でも、これが最善策なのは間違いない。誰も不幸にならない。平和に時間が流れる人生を、みんなが送れる」

「そんなこと……」

「彩奈に向ける好意、そのほんの一部をアタシに向けてくれたら……それでいいから」

　本気でそれが正しいと思っているのだろう。

ためらいながら喋《しゃべ》っているが、迷いは感じられない。

……………初めてかもしれない。

自分ではなく、他者にこれほどの怒りを覚えたのは。

もしカナが男であれば、殴り倒していたほどの怒りだ。

「ふざけるなよ、お前……！」

「リク……？」

「他人の人生を妥協し、自分の人生にすら妥協しているじゃないか！」

「――――」

「卑屈になるなと言ったのはカナ……お前だろ！」

「こ、これで良いんだよ！」

「良くない！　お前は……カナという女は、妥協された人生を送るべきじゃない！　充実した、幸せな人生を送るべきで……誰かから一番に大切にされるべき女の子だ！　二番目とか三番目とか、好意を一部向けてくれたらいいとか……ふざけるなよ。仮にオレがカナのことが好きだったとしても、今のカナとは絶対に付き合わない！」

「な、なんだよ……なんでそんな酷《ひど》いことを言うんだよリク！　アタシは……アタシは……これが一番良いと、丸く収まると……もう誰も傷つかなくていい……リクも泣く必要がなくなると思ったのに！　彩奈だって、そのうち今回のことも忘れるって！」

「記憶の改ざんに頼る、偽《にせ》の人生を送ることになってもか！」

「傷つくよりマシじゃん！　偽だって気づかなければ、本物じゃん！」

「それを妥協と言っているんだ！」

「でも、でもぉ……！」

ついに声を上げてカナは泣き始める。強気だった頃の面影はない。オレの胸に額を押しつけ、ひたすら泣いていた。あまりにも非力なカナを見て、怒りで昂《たかぶ》っていた感情が落ち着いていく。冷静さを取り戻し、天井を見つめた。

「……何をするのが正解で、そもそも何を考えるべきなのか……わかんないよな」

人によって答えの出し方は変わる。考え方だって違う。

ふと、今のカナを見て陽乃《はるの》を思い出した。

カナと陽乃はオレのことを考えて動いてくれた。二人の行動は似ているけど、本質がまるで違う。

カナは自己犠牲。オレのことが好きだからと言い訳を重ね、過酷な現状から逃れるために、他人と自分の人生を妥協しようとしている。

陽乃は違った。悩み苦しむオレを応援してくれた。泣きながらもオレとの関係を断ち、背中を押してくれた。明るく送り出してくれた。失恋という苦しみを味わいながらも満たされていた。

それは自己犠牲なんかじゃない。前進だ。一切の妥協を許さない力強い決断、自分が最も大切にするものを尊重した半端《はんぱ》のない生き方だ。

——そうか、そういうことか。

追い詰められてこそわかる自分の本音。自分は何を一番大切にし、何を目的に行動しているのか。

やはりオレは、彩奈に幸せな人生を送ってほしい。彼女こそ幸せになるべきだ。

好きな人と結ばれたい、その気持ちもある。しかし精神的に辛《つら》い状況に追い込まれ、自分の力に限界を感じたからこそ、自分にとって何が一番大切なのか、明確になった。

彩奈の幸せ……それ以外は後回しでいい。

オレの想《おも》いも後回しでいい。

彩奈が屈託なく笑える人生を送れるのなら……。

何者にも邪魔されず、素直に生きることができる人生を送れるのなら——。

「カナの言う通り、オレは動物みたいに感情的に生きてるよ。欲望に素直だし、思ったことはすぐに言ってしまう。それが、オレなんだ。もうこの生き方は変えられない。だから……彩奈に幸せになってほしい……笑ってほしいという思いに従って、とことん動くよ」

「どれだけ……辛い思いをしても？」

「そうだ。オレ自身が、そうしたいんだ」

「リク……」

「オレは欲が深い男だ。だから妥協しないぞ。彩奈を捕まえる。どこまでも自分を責めて責めて、自分に幸せを許さない彩奈を……絶対に笑わせてみせる」

顔を上げたカナの瞳に、オレの真剣な顔が映りこむ。

お互いの吐息がかかるほど顔が近い。その状態がどれほど続いたのか……。

カナは唇をかみしめ、ふっと諦めたように表情を和らげた。

「リク……今日はもう寝ろ。無理に動いたら、また倒れる。今のリクに……時間を無駄にしている暇はないでしょ?」

「ああ……」

「これ、協力者としてのアドバイス」

協力者であることを強調したカナは——オレの顔に右手を伸ばしてくる。反応する暇はなかった。そっと優しく頰に触れられる。カナはオレの頰を撫《な》でながら、愛おしそうに呟《つぶや》いた。

「初めて好きになった男が、リクでよかった」

その言葉は失恋宣言にも捉えられる。

それ以降何かを言うことはなく、しばらくオレの頰を撫でてから体を起こした。

「あっ」

気持ちが落ち着き、状況を再認識したカナは慌てて胸を腕で隠す。微《かす》かな月明りが、羞恥で赤く染まった頬を照らしていた。どうしたらいいのか一瞬だけ悩んだオレは、傍《かたわ》らの布団《ふとん》をつかみ、顔を背けながらカナにグイッと押しつける。

「ちゃんとは見えてないから……安心してくれ」

「……そっ。もしかして気を遣ってんの？」

「当たり前だ。もっと自分の体を大切にしろよ」

「いや、アンタだからしたんだけど？」

「だとしても、だ……。もう二度とするな」

喋りながら布団を受け取ったカナは、羽織るように自分の体に巻いた。そのことを雰囲気で感じ取り、視線を正面に戻す。オレの顔をジーッと見下ろしていたカナだったが、ようやく立ち上がってオレの体から離れてくれた。

「リク」

「なに？」

「アタシを振ったこと……後悔しても遅いからな」

恨み言ではない。挑戦的な笑みを浮かべているカナは、冗談っぽく言っていた。

その強気な姿勢を崩さないところが、彼女らしさを感じさせた。

オレから離れたカナは、自分の体から布団を落とさないように片手で押さえながら、もう片方の手で自分の服を拾い上げ、何事もなかったかのように部屋から出ていった。

夜の静けさを取り戻し、興奮状態が冷めていく。

「カナのやつ……オレの布団をパクりやがった」

まあいいんだけどね。今さら『返せ！』と追いかけるのも間抜けだろう。

今のオレがするべきことは何か。協力者のアドバイスに従うことだ。

「…………」

目を閉じる。脳裏に浮かぶのは、やはり彩奈の辛そうな顔だった。

エピローグ

「お世話になりました」

早朝。靴を履き終えたオレは振り返り、不安そうにしている添田《そえだ》さんに頭を下げた。

これから駅に行き、電車に乗って彩奈《あやな》がいる街に戻る。

そのことをさきほど添田さんに伝え、見送りをしてもらっていた。

……添田さんには本当に感謝している。感謝してもしきれないほどだ。

「がんばってねぇリクくん」

添田さんはそう言うと、オレの両手を強く握りしめてきた。まるで祈るように……。

「リクくん、いい顔になったねぇ。彩奈ちゃんをお願いねぇ」

「もちろんです」

もう迷いはない。添田さんの想いも受け取り、オレはこの家から出て歩き出した。

彩奈と散歩したことを懐《なつ》かしく思いながら道を歩いていると、後ろから慌ただしい足音が近づいてくる。予想するまでもない。カナだと、見なくてもわかった。

「リク！　待ってよ！」

「……来ちゃったのか」

足を止め、振り返る。案の定というべきか、こちらに向かって走ってくるカナの姿が見えた。よほど急いでいたのだろう、髪の毛は乱れてぼさぼさだ。

オレの前まで来たカナは、苦しそうに膝に手をついて息を整え始める。

「はぁ……はぁ…………てか、ありえないでしょ！」

「え？」

「え？　じゃないってば！　協力者を置いていくとか、ありえない！」

「……ああ………まだ、協力してくれるのか？」

「当然！　……もう、変なことはしないからさ」

昨晩のことを言っているのか、カナは気まずそうにしていた。

普通の人であれば、適当なことを言って誤魔化してあげるのだろうか……？

まあオレは目の前にある地雷を踏み壊していく人間だけどな。

「そういえば、どうして全裸になったんだ？」

「いや、ちょ……それ聞いてくる？」

「うん。気になるからな」

「素直な目をしやがって……！　ま、あれは…………勢いというか……男の励まし方を考えたというか………全裸になったリクを思い出したというか………も、もういいじゃん！　話は終わり！　さっさと行くぞ！」

全てを誤魔化すように怒り口調で言い切ったカナは、そそくさとオレの横を通り過ぎていった。これで昨晩の一件はなかったことになった、そう判断してよさそうだな。

◇　◇　◇

駅に着いたオレたちは電車に乗り込み、二人席に向かう。

窓側にカナが座ったので、必然通路側にオレは座った。

やがて電車は動き始める。爽快な走行音を響かせ、心に落ち着きを与えてくれた。

「今回は逆方向じゃないな」

「当たり前でしょ？　二度と間違えるな」

「約束はできない」

「はぁ………」

人間、間違えたくて間違えるわけじゃない。

「ねえリク」

「ん？」

「アタシたち、ここに来た意味……あったのかな」

「…………」

「何を得られたのかな」

頬杖《ほおづえ》をつくカナは、外の光景を眺めながら独り言のように尋ねてきた。

オレは目を閉じ、この数日間を振り返る。あらゆる記憶が走馬灯のように甦《よみがえ》った。

「……ある。得られたものはある」

目を開け、断言することができた。

この数日間は無駄なんかじゃない。

客観的に見れば、オレたち三人は心に傷を負っただけにしか見えないだろう。

しかし、オレの中で一本の芯が通ったような感覚が生まれていた。

「彩奈を、本当の意味で笑わせてみせる」

記憶の改ざんに頼らない、本当の笑顔を――――。

了

お便りはこちらまで

〒一〇二‐八一七七
ファンタジア文庫編集部気付
あボーン（様）宛
なかむら（様）宛

富士見ファンタジア文庫

コンビニ強盗《ごうとう》から助《たす》けた地味店員《じみてんいん》が、
同《おな》じクラスのうぶで可愛《かわい》いギャルだった2

令和4年6月20日　初版発行

著者——あボーン

発行者——青柳昌行
発　行——株式会社KADOKAWA
〒102-8177
東京都千代田区富士見2-13-3
0570-002-301（ナビダイヤル）
印刷所——株式会社暁印刷
製本所——本間製本株式会社

※定価はカバーに表示してあります。
●お問い合わせ
https://www.kadokawa.co.jp/（「お問い合わせ」へお進みください）
※内容によっては、お答えできない場合があります。
※サポートは日本国内のみとさせていただきます。
※Japanese text only

ISBN978-4-04-074557-2 C0193 ◇◇◇

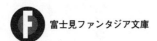